Ultimately, when it comes down to it, in my life, I like to think that I'll do more good than I'll do bad. That's essentially what I'd like to leave the planet. Whether I'm hit by a truck, or a plane crash, or lying on my death bed as an old man, I'd like to know that I imparted a little bit of positivity. 'cause we do take up space, and we do consume. We sin against the earth by being alive.

Glen Hansard

Amber

Eine Woche nach Mattias wurde sein Fahrrad geliefert. Der Bote war ein ganz Aufgeweckter, der schon losredete, als ich noch gar nicht alle Türschlösser geöffnet hatte. Vor dem Eingang schlitzte er den Pappkarton an den Rändern auf und bimmelte zweimal mit der Klingel.

Ich stellte das Fahrrad in den Flur und ließ die Türschlösser wieder zuschnappen.

In den Tagen darauf musste ich mich an dem Fahrrad vorbeizwängen, wenn ich nach draußen wollte. Auf die Frage von Besuchern, Leuten, die meine Sachen gewaschen hatten oder wieder mal eine Topfpflanze mitnahmen, antwortete ich, das sei Mattias' neues Fahrrad. Da fragte dann keiner weiter.

Konnte ich sie bitten, gar nichts mehr zu fragen?

Trauer ist wie ein Schatten. Der richtet sich nach dem Stand der Sonne, fällt morgens anders als abends. Der lehnt dunkel und geduldig an der

Wand, streckt sich in voller Länge über den Asphalt aus oder zeichnet hinter deinem Rücken die Silhouette einer graziös drohenden Schlange auf den zu lange nicht gemähten Rasen. In diesen ersten Wochen wusste ich manchmal nicht, ob ich meinen eigenen Schatten sah oder den von jemandem, der sich mit den besten Absichten dicht neben mich gestellt hatte.

Ich brachte das Fahrrad ins Wohnzimmer.

Was ich all die Jahre gemeint hatte, wenn ich sagte, dass ich gut allein sein könne, war, dass ich gut allein sein konnte, solange das mit einer annehmbaren Endlichkeit verknüpft war. Solange das Alleinsein durch sein Kommen wieder aufgehoben werden konnte, er mit seiner ewig hastigen Fröhlichkeit »Hi« rufen würde. Aber das begriff ich erst, als ich das Ticken eines sich drehenden Rads in einer ansonsten totenstillen Wohnung vernahm. Da wurde mir klar, dass nicht nur er selbst ein für alle Mal nicht mehr da sein würde, sondern auch die Geräuschkulisse, mit der er mich jahrelang umgeben hatte: sein *Sein* in einem anderen Zimmer, seine fieberhafte Suche nach einem Kleidungsstück, das unauffindbar war und doch *irgendwo* sein musste, und vor allem die Songs, von denen er ganz erfüllt sein konnte und die er in allen Räumen hörte, als lockte er sie mit; auch, dass er mitsang und ich nicht bat, ob es vielleicht etwas leiser ginge, und ich nicht sagte, wenn sie mir nicht gefielen, weil ich wusste, dass ich ihm damit alles vermiesen konnte, und da war ich sehr vorsichtig.

Beim Saubermachen stieß ich ein Buch, in dem er gelesen hatte, von der Fensterbank. Auf dem Fußboden fiel das Lesezeichen heraus. Darüber habe ich eine Stunde lang geheult. Weil ich nun nicht mehr wusste, auf welcher Seite er gewesen war.

Im Bett horchte ich auf den leckenden Heizkörper, wie das Wasser in den Behälter tropfte, den ich daruntergestellt hatte.

Sara kam vorbei, wir ließen uns was zu essen bringen und guckten uns mit hochgezogenen Knien Filme an, die sie vorab sorgfältig gescreent hatte.

Regelmäßig ließ ich seine Mutter herein, wenn sie im Regen vor der Tür stand. Wir redeten über Mattias. Sie erzählte von der Freiwilligenarbeit, mit der sie angefangen hatte, und gebrauchte Wörter wie Trost und Befriedigung, Wörter aus Selbsthilfebüchern, Wörter, die, wenn sie ganz aufrichtig gemeint sein müssten, selten bedeuten, was sie bedeuten sollten.

Und dann war es heute Morgen plötzlich komisch: ein Fahrrad im Wohnzimmer. Reglose Pedale, warme Speichen, Reifen auf Laminat.

Das Fahrrad musste vor die Tür, und ich auch. Ich ließ es in einem Ständer zurück und löste mich aus dem Knäuel von Häuserblocks in Richtung Park.

Vielleicht zog mich die Erinnerung an einen Abend vor ein paar Jahren dorthin, als wir sahen, wie auf dem freien Feld in der Mitte vom Park ein Fesselballon aufstieg. Eltern mit Kind auf dem Arm standen darum herum. Die Sonne ging unter, der Ballon dagegen stieg mit drei Leuten an Bord auf: Sie zogen sich an den letzten Bahnen Sonnenlicht hoch, während sich unten auf der Erde die kleinen Kinder schier die Arme auswinkten, und kurz darauf war es schon fast unmöglich, in den Silhouetten im Korb noch normale Menschen zu erkennen, die auch in Sandalen auf der Wiese gestanden hatten.

Doch jetzt war alles anders. Der Himmel war grau, und Regenschleier hingen zwischen den Bäumen. Die Laute erreichten mich eher als die Bilder: ein schriller Schrei, der aufbrandete, erstarb und sich wiederholte.

*

Ich sehe zuerst den Pitbull. Wie er Anlauf nimmt und an einer älteren Frau hochspringt, die ein kleines weißes Hündchen im Arm hält.

Der Pitbull kommt am Boden auf und springt noch einmal. Senkrecht in die Höhe. Er schlägt die Zähne in das Handgelenk der Frau, direkt unterhalb vom Ärmel ihrer grünen Windjacke, und bleibt einen Augenblick daran hängen. Mit Erfolg: Die Frau lässt das Hündchen fallen. Es stürzt und wird, kaum unten aufgeschlagen, sofort von dem Viech geschnappt. Das wirft den Kopf hin und her. Und sein Schwanz peitscht wie ein Gummiknüppel.

Die Frau tritt nach dem straff gespannten Rücken des Pitbulls, tritt und kreischt, aber ihre nassen Wanderschuhe richten nichts aus. Ihre Brille fällt zu Boden.

Ich renne jetzt. Bin fast da.

Sie schreit und schreit. Wortlose Laute in einem weitgehend leeren Park. Es drückt mir auf die Schläfen. Sie sieht nun erschöpft und hilflos zu, beißt sich auf die Unterlippe und weint.

Ihr Hündchen rührt sich nicht mehr.

Und dann ist Schluss. Kurz bevor ich nahe genug bin, um etwas tun zu können, greift eine große Hand nach dem Halsband des Pitbulls. Der hängt mit den Vorderpfoten in der Luft, den Kopf zwar immer noch nach unten gerichtet, aber nicht mehr mit dem Hündchen im Maul, das erst noch ein paar Sekunden lang totenstill liegen bleibt und dann auf zerschrammten Pfoten außer Reichweite seines Angreifers kriecht.

Es dauert lange, bis ich sehe, wessen Hand das ist. Quentin trägt eine schwarze Laufhose und einen blauen Sweater, mit einer Halterung fürs Handy am rechten Oberarm, dessen Display aufleuchtet, als er mit der freien Hand auf die Fernbedienung auf halber Höhe der weißen Strippe drückt. Er zieht die Ohrstöpsel raus. Sie hängen aus seinem Kragen und hüpfen bei jedem wütenden Versuch des Hundes, sich loszureißen, unter seinem Kinn hin und her.

Quentin beugt sich über das Viech, fasst das Halsband noch fester und schaut auf. Sieht mich an.

»He«, sage ich.

Er scheint auch eine Weile zu brauchen. Dann sagt er kühl und gelassen: »He, Amber.«

Ein paar Monate vor seinem Tod kam Mattias einmal erst spätabends nach Hause. Ich lag schon im Bett. Er kam ins Schlafzimmer, zog sich ungelenk den rotweiß gestreiften Pullover über den Kopf und erzählte laut. Er habe eine Idee: Er werde ein Café aufmachen, mit Quentin zusammen. Im Zentrum oder irgendwo in Strandnähe. Sie hätten den ganzen Nachmittag und Abend darüber geredet. Das würde was werden. Das sei genau das, was er wirklich echt wolle.

Ich hörte mir an, wie ein Wort das andere zu überholen versuchte, und fragte mich, was denn an all den Sachen, die er schon machte, auszusetzen war. Er konnte sich immer noch für die gerade gehörten Newcomerbands begeistern, die er auf eine Popbühne bringen würde, und genauso sehr auch für die Schüler, denen er während des Rests der Woche Nachhilfeunterricht gab, weil sie zu ihm aufschauten und seinen Erzählungen lauschten und weil er auf die Weise wenigstens noch etwas damit anfing, dass er vier Jahre Geschichte studiert hatte. Das lief alles gut. Natürlich lief das alles gut, denn es war Mattias.

»Muss das denn auch noch sein?«, fragte ich.

»Wieso auch noch?« Er zog seine Socken aus, machte ein Knäuel daraus und beförderte sie mit Überkopfwurf zum weiter entfernten Wäschekorb. Auf der Schwelle zwischen Flur und Schlafzimmer blieb er an den Türrahmen gelehnt stehen.

»Neben allem, was du jetzt schon machst«, sagte ich.

»Jetzt tust du wieder so, als sei es schlecht, dass ich was Neues ausprobiere.«

»Aber vielleicht solltest du dich für *eine* Sache entscheiden.«

»Ich entscheide mich hierfür«, sagte er. »Quent und ich ziehen einen Laden auf.« Er machte einen Sprung rückwärts, trabte ins Wohnzimmer und holte seinen Laptop. Ich richtete mich auf und sah, dass er sich im Flur auf die Waschmaschine gesetzt hatte. Er hatte die Trommeltür geöffnet, um die Füße darauf abzustützen. Die Augen aufs Display gerichtet, sagte er: »Das wird voll cool.«

Was sollte ich davon halten? Im Gaststättengewerbe überlebte die Hälfte der Betriebe keine drei Jahre, hatte ich irgendwo gelesen, und die Wahrscheinlichkeit pleitezugehen war bei unerfahrenen Abenteurern, die nach zehn, zwölf Bierchen beschlossen hatten, dass es »voll cool« werden würde, mit Sicherheit noch viel größer.

Andererseits: Es war Mattias.

Da spielte noch was anderes mit. In letzter Zeit verstummte er manchmal plötzlich, wenn wir zusammen waren. Wenn ich nachhakte, kam nichts, als verlasse ihn schon beim Gedanken daran, etwas formulieren zu müssen, der Mut. Mir war manchmal bange vor diesem Winkel seiner Gedanken, aus dem er zwar immer zurückkehrte, jedoch in einer anderen Stimmung, mit anderen Worten für dieselben Dinge. Und was ich auch tat: Es half nichts.

Ich stieg aus dem Bett und zog ein T-Shirt über. Der Fußboden war kalt.

»Mattias?«

»Ja.« Er schaute nicht von seinem Bildschirm auf.

»Ist zwischen uns noch alles in Ordnung?«

Jetzt schaute er doch auf. »Wie meinst du das?«

Ich schloss die Augen und stieß einen Seufzer aus. Ein Zittern schwang darin mit.

»Was meinst du?«, fragte er noch einmal.

»Du siehst mich nicht mal an.«

Er seufzte. »Was willst du denn sagen?«

»Darum geht es jetzt nicht.«

»Doch. Darum geht es sehr wohl. Du willst sagen, dass das nicht drin ist.«

»Es geht nicht … es geht nicht um die Idee mit dem Café.«

»Um was dann?«

»Um …« Ich verstummte. Das ging zu schnell. Ich kam aus dem Bett, er aus der Stadt. Wir sprachen nicht die gleiche Sprache.

»Du willst mich davon abhalten«, sagte er, die Augen jetzt starr auf mich gerichtet.

Ich stand eine halbe Minute lang vor ihm, sagte aber nichts mehr, sondern ging dann auf die Toilette. Als ich zurückkam, galt seine Aufmerksamkeit wieder dem Laptop. Ich ging an ihm vorbei, schlüpfte unter die Bettdecke, ohne noch etwas zu sagen, und wartete, bis er sich neben mich legte und einschlief.

Das Hündchen ist zu der Frau gekrochen. Es liegt jetzt in ihren Armen und rührt sich praktisch nicht mehr. Die Frau drückt das Gesicht tief in das schmutzigweiße Fell. Dann schlägt ihre Haltung plötzlich völlig um, und sie fängt an zu keifen.

»Herrgott noch mal!«, blafft sie Quentin an. »Nimm deinen Scheißköter an die Leine, verdammt!«

An der Art, wie die Worte herauskommen, höre ich, dass sie solche Ausdrücke sonst nie benutzt.

Der Pitbull schnappt nach der Hand an seinem Halsband, verfehlt sie aber jedes Mal. Er hechelt mit aufgerissenem Maul.

Quentins Blick schießt umher, und am Ende sieht er mich an. »Der Köter gehört mir nicht. Ich hab die verfickte Töle noch nie gesehen.«

Die Frau keift noch etwas weiter und gibt sich dann geschlagen.

»Hier«, sage ich zu Quentin. Ich halte ihm die Rolle Schnur hin, auf die ich in der tiefen Tasche meines Wintermantels gestoßen bin. Da habe ich sie ein paar Wochen vor Mattias reingesteckt, als ich versuchte, unsere Gartenmöbel am Zaun festzubinden, die von heftigen Windstößen hin- und hergeschoben wurden. Mattias hockte drinnen. Ihn kratzte das nicht. Genauso hatte ich auch die Duschkabine gekittet, als wir das Haus gerade gekauft hatten, das Laminat verlegt und Tür- und Fensterrahmen gestrichen. Er steuerte seine Ideen bei – eine große Weltkarte im Schlafzimmer, Malkreide in der Küche, damit man an die Wand schreiben konnte, was eingekauft werden musste: *Wär doch geil, Am!* –, und ich wusste, dass irgendwer das schließlich umsetzen musste und dass auch die Gartenmöbel weiter hin- und hergeworfen würden, solange ich mich nicht mit dieser Schnur an die Arbeit machte. Und das war okay, denn danach setzte er sich neben mich, nahm meine Füße auf den Schoß, zupfte an meiner Socke und fragte, was ich essen wollte.

Ich zeige zu einem Baum ein Stück weiter weg. Es ist ein noch junger Baum, der rechts und links angepflockt ist. Quentin schleift den Pitbull über den Kiesweg und den Rasen. Das Viech stemmt sich dagegen, ist aber jetzt der Schwächere. Ich gehe mit. Bei dem Baum ziehe ich die Schnur durch das Halsband, während Quentin es eisern im Griff behält. Dann binde ich sie an einem der Pflöcke fest, mache einen doppelten Knoten rein und dann sicherheitshalber noch einen. Quentin sagt währenddessen kein Wort. Der Besitzer des Hundes ist nirgends zu sehen.

Ich drehe mich um. Die Frau hält das Hündchen immer noch hoch in den Armen. Sie neigt den Kopf und birgt das Gesicht wieder in seinem Fell. Ein Fiepen ist zu hören, aber von wem der beiden, lässt sich nicht sagen.

Als wir von dem Pitbull weggehen, fragt Quentin zögernd, wie es mir jetzt gehe.

»Jetzt? Heute?«

»Jetzt, in letzter Zeit.«

Danach ist alles kurz still, und niemand ist da. Ich sage nichts, und er murmelt noch: »Du weißt schon, neues Jahr. Glückliches neues Jahr. Neuanfang.«

Glückliches neues Jahr. Was für ein nichtssagendes Allerweltswort: Glück. Ich wusste, auch als wir zusammen waren, als alles zum Greifen nahe hätte sein müssen, nie genau, was das ist, Glück, außer einer Anwandlung, die ich manchmal verspüren konnte und die, eh ich mich's versah, verflogen war, weil ich immer alles zu analysieren und zu ergründen versuchte, reifen lassen wollte, aber wenn ich das tat, war es schon eine Kopie von diesem kurzlebigen, puren Gefühl, mit dem es angefangen hatte und das sich nun mal selten greifen lässt.

Die Empfindung, wie ein Flugzeug vom Boden abzuheben, weil du nach Hause gehst. Wenn du eine morsche Pergola abreißt und eine neue errichtest. Die eine Minute zwanzig von *Bookends* von Simon & Garfunkel. Den, den du liebst, einen Augenblick in der Menge verloren haben, den Kopf ein paarmal drehen und ihn dann wiederfinden: Da, da ist er ja.

Wenn du Glück hast, steckt es da drin.

Oder darin, dass auf einer kleinen Insel an der malaiischen Ostküste ein Adler dreißig Zentimeter über dem klaren Wasser segelt, das sich unter ihm in ruhigen kleinen Wellen den Strand hinaufkräuselt, und dass sich dieser Vogel auf einen Felsen setzt, nachdem er perfekt seine Geschwindigkeit gedrosselt und die Beine ausgestreckt hat, genau so, genau da, ohne je sein Ziel zu verfehlen oder die Landung falsch zu timen, und dass ich von einer Sonnenliege mit blauem Polster aus zuschaue, zur Seite schaue und sehe, dass er es auch gesehen hat.

Wir waren Kinder der neunziger Jahre. Wir saßen auf der äußersten Spitze der Maslow'schen Pyramide und hatten trotzdem noch die Stirn, die Fotos von der Aussicht mit einem Instagram-Filter aufzuhübschen. Unsere Eltern waren zusammengeblieben und wohnten in Häusern, die wie selbstverständlich von Jahr zu Jahr mehr wert wurden.

Zu uns sagten sie: Du kannst werden, was du willst, Hauptsache, du wirst glücklich.

Mattias schien sich vor allem das Versprechen aus der ersten Hälfte gemerkt zu haben, ich den zwingenden Unterton vom Darauffolgenden.

*

Während ich im Wartezimmer der Tierarztpraxis sitze, werden sechs andere Haustiere hereingebracht. Zwei ängstlich durch das Gitter ihres nassgeregneten Transportkorbs herausspähende Katzen, die geimpft werden sollen. Ein unwahrscheinlich großes Kaninchen, das nicht mehr fressen will. Ein Hund, dessen Zähne nachgesehen werden sollen, und ein anderer, dessen Besitzer, ein Mann und eine Frau, die Arzthelferin schon fast bedrohen, weil sie nicht schnell genug drankommen. In zwei Stunden lasse es sich einrichten. »Es ist Ihre Schuld, wenn er dann schon tot ist«, sagt der Mann. Das Glöckchen über der Tür bimmelt, als sie hinausmarschieren. Der hereinfahrende Windstoß fegt ein paar Prospekte von dem Tischchen neben mir.

Nach fünfunddreißig Minuten kommt die Frau wieder heraus. Sie setzt sich neben mich. Ich sehe ihr an, dass sie auch im Behandlungsraum geweint hat.

»Und?«, frage ich.

»Kira bleibt eine Nacht hier«, flüstert sie.

Wir gehen nach draußen, das Glöckchen erschreckt uns doch noch kurz, und sie schnürt ihre Windjacke mit der Kordel am unteren Rand zu.

Im Gehen beginnt sie zu reden. Ihre Stimme ist schmal, aber freundlich, und mit jedem ausgesprochenen Satz scheint sie sich mehr an meiner Gesellschaft zu erwärmen. Sie erzählt, der Tierarzt habe einen Druckverband angelegt und ein Schmerzmittel und ein Antibiotikum verabreicht, aber er habe ein besorgtes Gesicht gemacht und gesagt, er könne nicht versprechen, dass es wieder gut werde. Sie schreitet zügig aus, scheint plötzlich einem Ziel entgegenzustreben und murmelt: »Oh, hoffentlich wird es wieder gut. Oh, hoffentlich wird es wieder gut.« Dann richtet sie mit einem Seufzen den Oberkörper auf, sieht mich an und sagt: »Wir geben die Hoffnung nicht auf.«

Wir überqueren den Zebrastreifen und biegen links ab. Ein Müllwagen fährt an uns vorbei und würde jedes Wort übertönen. Als ich kurz darauf denke, jetzt sei der richtige Moment, sage ich: »Ich kannte ihn. Den Typen im Park. Aber es war nicht sein Hund.«

Quentin war gleich nachdem wir den Pitbull angebunden hatten weitergerannt. Er wandte nichts gegen die Beschimpfungen der Frau ein. Verabschiedete sich auch nicht von mir. Ich hatte meine Aufmerksamkeit kurz auf die Frau und das Hündchen verschoben, und da war er schon hundert Meter weiter.

Sie blickt vor sich hin und sagt: »Und ich bin so gemein zu ihm gewesen.«

Wir gehen beharrlich weiter. Ich weiß nicht, wo sie hinmuss, doch wir gehen immer geradeaus.

»Auch wenn ich schon etwas älter bin«, sagt sie nach einiger Zeit, »unternehme ich noch alles Mögliche. Wir legen ganz schöne Strecken zurück, meine kleine Maus und ich.«

Als wir auf einem Pfad am Wasser entlanggehen, kommt ein fröhlicher Golden Retriever auf uns zugestürmt. Sein Herrchen ist mit Stock in der Hand ein ganzes Stück hinter ihm zurückgeblieben.

»Hallo, Lobbes«, sagt die Frau. Sie krault den Hund hinter seinem rechten Ohr, und ich fahre mit der Hand über sein goldfarbenes Fell. Sie hebt grüßend die Hand, als der Mann näher kommt.

»Kira ist alles, was ich noch habe«, sagt sie, als der Mann und sein Retriever wieder weg sind, und die Worte sprudeln jetzt heraus, als hätte sie den Hahn weiter aufgedreht. »Als die Kinder groß waren, wollten wir noch schöne Sachen zusammen machen. Mein Mann und ich, meine ich. Aber dann hat es ihn erwischt. Krebs. Und nie ein Wort der Klage. Nie. Nicht über die Schmerzen oder das Pech, dass er ihn kriegte und nicht ein anderer. Keinen Mucks hat er von sich gegeben. Kein böses Wort.«

Ich würde gern etwas sagen oder etwas tun, aber ich weiß nicht, was. Ich schaue zur Seite und verlangsame meine Schritte, denn vielleicht möchte sie ja stehen bleiben, aber sie hält an ihrem Tempo fest. Wir sind wieder zwischen den Häusern.

»Ich habe ihn verfallen sehen. Wie wahnsinnig schnell die Kilos schwanden. Von Tag zu Tag sah ich ihn weiter abbauen. Ihm hat nichts mehr geschmeckt. Alles Schöne wird mir genommen, sagte er eines Morgens, als er sein Frühstücksei von sich schob. Das war vielleicht der einzige Misston, den ich je von ihm hörte. Er sagte: ›Sogar wenn du die Todesstrafe kriegst, steht dir eine letzte Mahlzeit zu. Etwas, was du besonders gern magst. Aber mir schmeckt jetzt schon nichts mehr.‹ Damals saß er in seinem Pyjama am Tisch. In den letzten Wochen hatte er nur noch seinen Pyjama an.«

Sie senkt den Blick. »Aber wir schlagen uns schon durch.«

Ich sehe, dass sie wieder feuchte Augen hat, sie schaut geradeaus in den stark auffrischenden Wind, und eine Träne kriecht horizontal von einem Streifen verlaufener Wimperntusche weg über ihre Schläfe. Und als bedenke sie erst jetzt, dass es auch anders kommen könnte und sie nachher sowieso allein nach Hause zurückkehren wird, warten muss auf den Anruf vom Tierarzt morgen früh, und als wolle sie auf einmal furchtbar gern über etwas anderes reden, sagt sie: »Darf ich fragen, wie du heißt?«

»Amber.«

Das wiederholt sie: »Amber.«

»Ja.«

Ich sage: »Ich verstehe Sie, glaube ich.«

Und dann fange ich an zu erzählen.

Es war am Ende meines dritten Tags. Ich hatte das Konservatorium einen Monat davor endgültig aufgegeben und dachte an Musikwissenschaft, hatte mich aber noch nicht eingeschrieben. Dies war meine Zwischenstation: PR für eine kleine Bookingagentur für Folk, Jazz und Weltmusik. Sara hatte mir dazu verholfen.

Und da arbeitete er also auch.

Er hatte an diesem Nachmittag, als er mich fragte, ob wir draußen was zusammen trinken wollten, ein graues Shirt an, und wir unterhielten uns über Musik, über Pixar-Filme, darüber, wie lange es Hyves wohl noch geben würde und ob wir nun Atheisten oder Agnostiker waren. Ich erzählte ihm zögernd, dass ich Cello spielte, ein Überbleibsel vom abgebrochenen Studium am Konservatorium, und ich sah die unendliche Verblüffung in seinen Augen. Als hätte ich gesagt, dass ich Banksy sei, dass ich das Guggenheim entworfen hätte, dass ich jeden Dienstagabend zwischen sieben und acht mit Delphinen baden ginge.

Am gleichen Abend nahm er mich hinten auf seinem Fahrrad mit zur Präsentation des Albums einer flämischen Newcomerband. Ich musste mich damals noch an die Spontaneität gewöhnen, die ihm eigen zu sein schien. Einfach aufzustehen und zu etwas aufzubrechen, das nicht schon seit Wochen in meinem Terminkalender stand. Mit Mattias war es, als könnten Tage und Stunden ausgedehnt werden, so dass immer noch etwas anderes hineinpasste, selbst wenn oder gerade wenn man erst im letzten Moment darauf gekommen war.

Auf dem Heimweg fragten wir einander an jeder Straßenecke, ob wir immer noch in die gleiche Richtung mussten.

Er ließ oft eine Karte für mich zurücklegen, wenn ich mir noch nicht sicher war, ob ich auch noch zu einem Konzert kommen würde, bei dem er schon war. Wir gingen mit Freunden auf Festivals. Er hatte auf Spotify eine lange Playlist angelegt, die man als Wecker benutzen konnte. Der bekannte Hit von James Brown war auch darunter, denn wir stellten es uns witzig vor, eines Morgens mit *»Wooo! I feel good, tanananananana«* geweckt zu werden, aber die Shuffle-Funktion setzte ihn nie an den Anfang.

Er spielte »Football Manager« und hatte sich schon fünfzig Jahre oder so in die Zukunft simuliert. Irgendwann kriegt man in diesem Spiel einen Sohn, sagte er mal. Dann gibt es plötzlich einen mit deinem Nachnamen in der Jugendmannschaft. Aber ich habe ihn nie sagen hören, dass er Vater geworden sei, denn wenn es so gewesen wäre, hätte er es mir erzählt. Solche Sachen hätte er mir gern erzählt.

Ich erzähle der Frau auch, dass wir am Ende des Sommers auf dem Parade, dem großen Theaterfestival, waren. Da gab es Stände, wo man etwas essen und trinken konnte, Jahrmarktswagen, Picknicktische, und auf Schultafeln stand angeschrieben, in welchen Zelten welche Vorstellungen stattfanden. An einer zwischen den Bäumen gespannten Leine hingen Lampions, die angingen, als es dunkel wurde. Wir dachten voraus. Wir machten Pläne. Wir buchten dort an Ort und Stelle einen Wochenendtrip. Wir dachten uns Vorstellungen aus, mit denen wir selbst eines der Zelte füllen würden. Und um kurz vor zehn stellten wir uns beim Kettenkarussell an. Zufällig war es die letzte Runde, bevor sie in eine andere Stadt weiterziehen würden. Wir schwebten eine Ewigkeit darin herum, während sich das Personal unter uns bei allen bedankte.

Und an jenem Tag, ausgerechnet jenem letzten Tag, stritten wir uns.

Es war vielleicht die ganze Zeit schlicht der leichteste Weg gewesen, zu glauben, dass alles, was er wollte, gelingen würde. Dem war aber nicht so. Natürlich war dem nicht so. Bands konnten für mehr Geld und vor einem größeren Publikum auf Festivals auftreten, und davon gab es immer mehr, so dass für die kleineren Popbühnen so gut wie nichts mehr übrig blieb. Ich hatte ihn schon seit ein paar Wochen nicht mehr von dem Café reden hören. Er redete überhaupt weniger. Ich sah manchmal den Pessimisten in ihm hervorkommen, und das durfte nicht sein. Pessimisten gab es mehr als genug, damals schon. Es wurde normal, jemanden, der anderen helfen möchte, *Gutmensch* zu nennen, während sich eine immer größer werdende Gruppe ängstlicher Menschen hinter die schimpfenden Schwarzseher scharte, weil die am Ende nur recht haben können: Denn eines Tages *muss* ja etwas schiefgehen, und bis dahin können sie sagen: »Warte mal ab!«, und das ist dann nicht zu widerlegen.

Wir vergessen die Flasche, wenn Wein drin war, und sie geht uns nicht mehr aus dem Kopf, wenn ein mit Benzin getränkter Lappen hineingestopft worden ist.

Er hatte an dem Morgen im Stehen in der Küche gefrühstückt, kam ins Wohnzimmer, während er sich die Jacke anzog, und sagte »Muss gleich weg« zu seinem Reißverschluss. Ich saß mit meinem Laptop auf der Couch.

Ich schaute nicht auf. Sagte nur: »Der Heizkörper leckt.«

»Was?«

»Der Heizkörper. In unserem Schlafzimmer. Leckt.«

Er seufzte. Ich sah, wie er die Fäuste ballte. Mattias konnte gut seufzen.

Ich setzte mich auf. »Was ist denn?«, fragte ich.

»Nichts.«

Denn Mattias konnte stur sein, halsstarrig wie sein Vater.

»Weißt du schon, was du mit deinem Job machst?«

Er zog die Schultern hoch, und ich fixierte ihn.

»Ja und?«, rief er.

Mattias hatte neckische Locken. Wenn er sich über irgendwas aufregte, wenn er einen Wutausbruch hatte, hüpften sie im Takt.

»Wenn du jetzt …«, setzte ich an.

»Was?«

»Ich meine … Wenn du jetzt wieder was Neues anfängst, bringst du es dann auch zu Ende?«

»Oh, *das* ist es. Das musst du mir jetzt ankreiden.«

Mattias konnte zynisch sein. Das konnte er sehr gut.

»Ja. Das ist es«, sagte ich. Ich wusste jetzt, dass es das war. Dachte zumindest, dass es das war. »Den Bands zuliebe, den Nachhilfeschülern oder was auch immer. Nichts Halbes. Meiner Meinung nach ist das auch für dich unbefriedigend. Du musst das schon zu Ende bringen.«

Mattias konnte schweigen, nachdenken, in sich aufnehmen, was ich zu ihm gesagt hatte, darauf herumkauen, den Kopf schief legen und sich auf die Lippe beißen, und dann konnte er zum Gegenangriff übergehen. Er nahm seine Tasche vom Stuhl, schwang sie sich über die Schulter und sagte: »Vielleicht solltest du zur Abwechslung mal nicht ganz so schissig sein. Mal was ausprobieren. Was *machen. Einfach machen.* Ich weiß verdammt gut, was du denkst, wenn ich mit so ’ner Idee nach Hause komme. Dass eh nichts draus wird. Und dass man besser zu Hause auf dem Sofa hocken bleibt, da kann zumindest nichts schiefgehen.«

Mattias konnte seine Worte blitzschnell abfeuern – *ratatatata* – und mir keine Chance lassen, meine Gedanken zu ordnen.

»Wem gegenüber hast du solche Versagensängste?«

Ich blieb stumm.

»Mir gegenüber?«

»Nein. Nicht dir«, sagte ich.

»Wem dann?«

»Allen.«

»Alle sind keiner.«

»Und ob! Du verstehst das nicht. Alle sind … die verschiedensten Leute. Dass dir nun mal immer alles zufliegt …«

»Red keinen Quatsch«, sagte er. »Trau dich mal, dich was zu trauen, Amber.«

Mattias konnte einfach gehen, auch in Momenten, da man noch so viel zu ihm sagen wollte, aber dafür noch ein bisschen Zeit brauchte. Das tat er jetzt auch, er ging, aus dem Zimmer und zur Tür hinaus und auf die Straße, und danach sah ich ihn nicht mehr wieder, denn er wollte direkt von der Arbeit aus hinfahren.

Die Frau und ich bleiben an einer Straße stehen, die eine Biegung macht und sich dadurch langsam dem Blick entzieht. Noch immer weiß ich nicht, wohin wir gehen, aber jetzt späht sie in diese Straße hinein, während sie eine Haarsträhne in ihre Hochfrisur zurücksteckt.

Ich weiß nicht, ob ich weitererzählen soll.

Sie sagt: »Wenn man nicht weiß, ob es etwas gibt, woran man glauben kann, ist man Agnostiker.«

»Ja. Ich glaube, das bin ich.«

Dann fasst sie mich beim Unterarm, sanft, als hebe sie einen Ast von der Straße auf, bevor jemand darüber stolpert, und sieht mich an.

Sie fragt nicht, wie es ausging. Sie sagt: »Trotzdem werde ich für dich beten. Ich nehme dich heute Abend mit in mein Gebet auf.«

Ich deute ein Nicken an. Ich weiß nicht, was ich darauf sagen soll.

Sie lässt meinen Arm wieder los und sagt: »Ich habe sie aus einem Wurf hier in der Straße. Kira. Jan wollte nie was von Hunden wissen. Aber als er sich verabschiedet hatte, stand mir nichts mehr im Weg. Das Verrückte ist: Jetzt wüsste ich nicht mehr, was ich ohne sie machen sollte.«

Sie hat schon wieder meinen Arm gefasst. Sie streichelt über den Stoff und schaut in die Straße hinein.

»Es kommt immer noch vor, manchmal. Dass ich ein Foto von ihm sehe und dann denke: Weißt du was, ich mag auch nicht mehr. Ich komme zu dir.«

Selbst Menschen, die nicht an Gott oder den Himmel glauben, hört man das manchmal sagen. Ich gehe zu ihm oder ihr. Dann sind wir wieder zusammen. Rational betrachtet, kann man das nicht denken, wenn man an der Existenz eines solchen Ortes zweifelt, aber wer ist schon rational, wenn der Tod nur eine Armlänge entfernt ist. Und was mich manchmal tröstet: Selbst wenn es keinen Himmel gibt, gibt es keinen besseren Weg, wieder nah beieinander zu sein, als sich im selben Winkel des Todes zu verstecken.

Wir bleiben da stehen und gehen danach weiter. Sie fasst noch öfter meinen Unterarm, mein Handgelenk, schließt die dünnen Finger um meinen Arm, und ich vergesse die ganze Zeit, nach Hause zu gehen.

Quentin

Beim Laufen dreht sich's um Fakten. Um Distanz, Zeit und Tempo. Vier Satelliten erzählen meinem Handy, wie weit sie von mir entfernt sind, und dann werden die verschiedenen Angaben zu Längen- und Breitengraden abgeglichen, bis nur ein möglicher Standort übrig bleibt. Da bin ich. Und nirgendwo anders.

Und einen Moment später: da. Keine Chance, irgendwas zu beschönigen.

Mit dem Laufen hab ich in Afghanistan angefangen.

Als ich siebzehn war, hab ich mal einen Nachrichtenbeitrag über einen Bombenanschlag in einem dieser Länder im Mittleren Osten gesehen, wo die Zustände immer mies sind. Ein kleiner Junge lief ins Bild und bat den Reporter, ihm zu helfen, sein Opa werde nicht mehr wach. Er zupfte den weißen Mann auch am Hosenbein. Das ist mir in Erinnerung geblieben.

Nach dem Abi hab ich Geschichte studiert. Das Studium unterbrach ich aber nach zwei Jahren, ging zu einem Tag der offenen Tür beim Heer und verpflichtete mich. War ganz leicht.

Anderthalb Jahre später stimmten achtundsiebzig der einhundertfünfzig Abgeordneten im Parlament für eine Polizeiausbildungsmission in Kundus, und noch mal fünf Monate später stand ich mit dreihundert anderen bei sechzig Grad Celsius im Sand. Aber wir redeten uns gegenseitig ein, das sei gar nicht so schlimm, weil es bei dieser trockenen Luft gefühlt höchstens fünfzig Grad seien.

Wir redeten einander auch ein, dass wir Frieden und Sicherheit brächten. Weil sie das in Afghanistan genauso verdient hätten wie wir in den Niederlanden. In den ersten Wochen hörte man das immer wieder. Aber die Deutschen waren schon viel länger da, und die redeten nicht mehr davon.

In den ersten sechs Wochen konnten wir gar nichts machen. Ohne Scheiß. Null. Die Fahrzeuge waren noch nicht da. Die Splitterwesten waren zu klein. Wir hatten keine Dolmetscher.

Wenn sich die anderen Filme anguckten, ging ich laufen. Ich zog mich am frühen Abend im Schlafsaal um, streifte eine schwarze Hose und ein grünes Shirt über und lief an den Betonmauern, den Schlafsälen, den Gemeinschaftsräumen entlang. Während die Sonne hinter den schneebedeckten Gipfeln in der Ferne verschwand, lief ich über die Basis. Sechseinhalb Kilometer – nie mehr und nie weniger. Dann wurde es dämmrig, und ich spülte mir unter der Dusche den Sand aus der Nase.

Wenn ich *Fake Empire* von The National höre, muss ich immer an diese sieben Monate denken. Das war das erste Stück auf dem Album, das ich hörte, wenn ich laufen ging. Ich weiß noch genau, wo ich war, wenn die Bläser einsetzten. Da hatte ich das Tor rechts hinter mir gelassen und sah links den Fluss liegen.

Nach der ersten Woche schickte ich Mattias eine SMS. *He Mann. Echt gut, die Scheibe.*

Und er: *Sag ich doch.*

Es muss viel passieren, bevor du nicht mehr an das glaubst, wovon du mal überzeugt warst. Wir trainierten Afghanen, die sagten, dass sie Polizist werden wollten. Wir ließen sie Liegestütze machen und gegen einen Punchingball boxen. Wir brachten ihnen bei, wie man Karten liest und Leibesvisitationen macht, und wir übten Hausdurchsuchungen mit ihnen ein, die wir mit Playmobil-Figuren vorführten. Darauf muss erst mal einer kommen.

Der Außenminister schaute vorbei. Er redete was von »ein Gespür für die Atmosphäre bekommen« und »ein Bild von der Lage gewinnen«. Als er beides abgehakt hatte, düste er wieder ab.

Zweimal schlug eine Rakete ganz in der Nähe der Basis ein. Und einmal durften wir die halbe Woche nicht vors Tor, weil ein paar debile Amerikaner einen Koran verbrannt hatten.

In niederländischen Zeitungen standen Artikel über die Mission. »Natürlich kämpfe ich später gegen die Aufständischen«, sagten die angehenden afghanischen Polizisten zu Journalisten. Aber das durften sie gar nicht, denn es handelte sich ja um eine Mission zur Ausbildung von Polizisten. Sonst hätte es im Parlament von vornherein keine Mehrheit dafür gegeben. Wenn die Freunde also nach unserer Ausbildung auf einen Bus Taliban-Kämpfer stießen, hatten sie es hübsch dabei zu belassen, denen ein Bußgeld fürs Falschparken aufzubrummen.

Als ich nach sieben Monaten turnusgemäß abgelöst wurde, stand mein Entschluss schon vor der Landung in Eindhoven fest. Die niederländischen Jungs haben alles in allem zwei Jahre in diesem Irrenhaus gesessen. Kundus war für die Katz. Sprints auf einem Marathonparcours.

Wir wollen dich gerne behalten, sagten sie.

Danke vielmals.

Ich nahm meinen Abschied und dachte: Meine Mutter wird sich freuen.

In den Niederlanden jobbte ich dann in einem Burgerladen. Nicht mehr als drei Tage die Woche. An den anderen Tagen schlief ich lange, und nachmittags rannte ich. Oder ich besuchte Mattias, und wir machten nichts Besonderes. Er redete, und ich hörte zu. Er wollte Mundharmonika spielen lernen. Ein wöchentliches Popquiz aufziehen. Nach Island und sich angucken, wo *Game of Thrones* gedreht wurde.

Er hatte mal auf einem Festival ein großes Schild hängen sehen, auf dem *Make no little plans* stand, und das hatte er fotografiert. Daran musste ich oft denken, wenn er die Augen aufriss und loslegte. Du musst es einfach auf einen Versuch ankommen lassen, fand er, sonst wird unter Garantie nie was draus. Wie bei seiner Freundin, sagte er mit einem bitteren Unterton, die alles »von der praktischen Seite« betrachtete. Ein Popquiz musst du gut vorbereiten. Mundharmonika spielen ist schwieriger, als es scheint. Island ist teuer, nicht nur der Flug, sondern die ganze Lebenshaltung.

Mattias redete nie von Vorbereitung und schon gar nicht von Lebenshaltung.

Trotzdem lebte er durch nichts so sehr auf wie durch sie. Das muss ich dazusagen. Ich hab mal im Bus hinter ihnen gesessen, als sie gerade erst zusammen waren. Sie hatten mich nicht gesehen. Ich kann nicht genau sagen, woran es lag, aber als ich drei Haltestellen später ausstieg, wusste ich es. Sie ordnete die losen Teilchen, kriegte ihn sortiert.

Als wir mal im Zentrum was zusammen tranken, sagte er: »So was machen wir auch auf.«

»Was?«

Er zeigte um sich herum. »So einen Laden wie den hier. Gute Musik und guter Kaffee. Vielleicht auch Bier.«

»Dafür brauchst du eine Schankerlaubnis.«

Er sah mich an, und ich wusste, was er dachte: Genau das würde Amber auch sagen.

»Und außerdem kommst du nie vor vier Uhr nachts ins Bett«, sagte ich.

Er warf die Hände in die Luft. »Gut, okay, dann nur Kaffee.« Die Bedienung war sofort zur Stelle, und Mattias nutzte die Verwirrung, die er gestiftet hatte, um noch zwei Bier zu bestellen. Im gleichen Atemzug wandte er sich wieder mir zu und bohrte mir den Finger in den Brustkasten. »Das machen wir. Ein kleiner Laden in Zentrumsnähe. Nicht zu groß.«

Ich stieß mit ihm darauf an, und er phantasierte bestimmt noch zwei Stunden weiter. Jeden Morgen hinlaufen, die Maschinen anschmeißen, die Tische abwischen. Mit Geschirrtuch über der Schulter zusehen, wie die Morgensonne über das Fenster kriecht, über den Namen, den du von drinnen spiegelverkehrt liest. Wir würden immer eine Antwort parat haben, wenn jemand fragte, was da stand. Bei uns kannst du gute Musik entdecken. Und wir können außerdem noch was darüber erzählen und weitere Songs von der Sorte empfehlen. Jeden Tag eine neue Playlist. Die Tracks, die zu hören waren, würden inklusive Link zur Wiedergabeliste auf dem Kassenbon stehen.

»Ein kleines Café«, wiederholte er. »Das machen wir.«

Das »Gehobene Burgertum« ist so 'n hipper Burgerladen. Da heißt es auf der Speisekarte »ein Hauch von« bei der Beschreibung, was drin ist. Wir haben keinen Salat, sondern *Coleslaw*. Balsamicoschalotten sind so selbstverständlich wie Ketchup. Das Ganze geht in solchem hochwertigen Seidenpapier über den Tresen, das man, wenn man's irgendwo ohne Burger rumliegen sähe, genauso gut für die Verkaufsverpackung von Hunkemöller-Dessous halten könnte. Wenn wir die Burger am Tisch servieren, fehlt nur noch, dass wir dazusagen, der Käse sei sieben Monate auf dem Rücken eines langhaarigen Bisons gereift und zu dem Ganzen würde am besten ein Cabernet Sauvignon Jahrgang 2014 passen.

Weißt du, ich wollte einfach nicht am Schreibtisch hocken. Hab ich auch nie getan. Am Schreibtisch bewegst du dich nicht. Und ich wollte nicht mehr nach der Pfeife von Regierungsbeschlüssen tanzen, die von den Medien noch schlechter hingestellt wurden, als sie es ohnehin schon waren, und vom Nachbarn, der Feuer für seine Wut brauchte, jeder weiteren Differenzierung entledigt wurden. Ich wollte nur noch was mit Leuten zu tun haben, die mir persönlich begegneten. Simple Gespräche mit ihnen führen. Fragen stellen, auf die man mit Ja oder Nein antworten kann. Ob sie es mitnehmen oder hier essen wollten. Ob es geschmeckt hatte. Ich wollte mit allen Mädchen nach Hause, die gegenüber im Yoghurt Barn genüsslich einen Brownie Bango oder einen Proud Pistachio löffelten, und ich wollte, dass sie dabei so viel Spaß hatten, dass sie anderen Mädchen im Yoghurt Barn empfehlen würden, mich auch mal mit nach Hause zu nehmen.

In den Monaten, nachdem Mattias die Idee gekommen war, nahm das mit dem Café konkrete Formen an. »Playlists« laute der Arbeitstitel, sagte er. Mit der Hilfe eines Bekannten von Mattias erstellten wir einen Businessplan. Wir gingen zur Bank, um einen Kredit zu beantragen.

Und langsam, aber sicher steckte mich seine Begeisterung an. Wir würden alles selber machen, eine Kameradschaft mit einem gemeinsamen Ziel, keine Anweisungen von wem auch immer.

Mattias ließ sich gern darüber aus. Wir würden mit allen einen Schwatz halten, aber nie vom Wetter reden. Wir würden keine Zeitungen auf dem Tisch haben und keinen Fernseher an der Wand. Wir würden uns mit Männern anfreunden, die uns beim Reinkommen einen ironischen Boxhieb gaben und sagten, sie hätten es uns zu verdanken, dass sie Brett Dennen oder The Milk Carton Kids entdeckt hatten. Mädchen würden kommen, die wir nach einer Weile »Schatz« nennen durften und die einen mintgrünen Becher Tee im Schoß halten würden wie ein rohes Ei, aus dem jeden Moment ein Küken schlüpfen konnte.

*

Am Tag nach Mattias lief ich 11,2 Kilometer. In den ersten zehn Minuten ging gar nichts. Meine Knochen knackten, und die Kälte biss mir in den Augen. Danach übernahm die Physis das Regiment.

Nur das Laufen half, in den ersten Wochen. Ich schloss meine Playstation an und schlug in GTA 5 allen in die Fresse, bis meine Finger auch dann gekrümmt blieben, wenn sie nicht am Controller lagen. Einmal am Tag fütterte ich die Goldfische meines Hausgenossen mit bunten Flocken. Ich nahm mir einen Stuhl und schaute zu, wie das Wasser verdreckte und sich einer von zweien ohne die geringste Gegenwehr auf den Rücken legte.

Ich kaufte mir neue Laufschuhe. Die Verkäuferin machte eine Aufnahme von mir, während ich auf dem Laufband rannte. Sie sagte, dass ich beim Abstoßen leicht herausschlüpfte und es wirklich am besten wäre, wenn ich das Modell für hundertachtzig Euro nehmen würde. Ich legte noch drei Paar weiße Laufsocken, eine lange Laufhose für kalte Tage, einen Pullover und ein Handy-Armband mit Schlitz für meinen Haustürschlüssel dazu.

Von den Schuhen bekam ich Blasen. Die größte glühte an meiner rechten Hacke, als könnte ich eine Zigarette dran anzünden. Das Pflaster, das ich draufklebte, löste sich beim Laufen wieder ab. Nach zwei Wochen hatten sich die Schuhe meinen Füßen angepasst, und es ging besser.

Ich probierte neue Laufstrecken aus und dachte an die Satelliten, die meinem Oberarm folgten. Kilometerweit am Strand entlang. Ein Schotterweg am Wasser, ein Bahnübergang, ein Fußgängertunnel, ein Park. Ein großer Teich mit Fontäne, dreihundert Meter von meiner Wohnung entfernt. Nie vorher gesehen. Häuserblocks, Stege, Grünanlagen, schrill kläffende Terrier, die die Musik in meinen Kopfhörern übertönten. Zurück in meiner Straße hörte ich mir das Stakkato der Frauenstimme an, die meine Leistung in Statistiken zusammenfasste.

Es half, wenn ich abends schwere Beine hatte. Ich wollte spüren, dass sie nach einer Stunde auf der Couch in einen erschöpften, lähmenden Schlaf gefallen waren. Dass die Muskulatur in den Oberschenkeln hart war, wenn ich in die Küche ging, um mir ein Glas Wasser zu holen.

Es wurde Winter. Anfang Januar hatte ich in anderthalb Monaten sechs Kilo abgenommen. Davon wurde nirgends was gesagt.

In einer Laufzeitschrift las ich, dass man während des Rennens in viel schnellerer Geschwindigkeit neue Neuronen bildet als auf irgendeine andere Art. Neuronen sind Nervenzellen, die untereinander Informationsimpulse fürs Gehirn übermitteln. Wenn ich lief, stellte ich mir vor, dass die alten verbrannten und sich neue herausbildeten wie aufkeimende Samenkörner.

Bis zu dem Tag. Bis ich dieses Vieh sah.

Wenn mir etwas von der Zeit beim Militär geblieben ist, dann ist es die permanente Wachsamkeit: alles sehen, immer reagieren.

Bevor ich mir selbst darüber bewusst war, sprintete ich die letzten Meter und packte das Halsband. Als sich Nebel und Regen lichteten und ich aufschaute, sah ich Amber vor mir stehen. Ihre blonden Locken, die müden Augen. Eine schmale Armbanduhr an ihrem Handgelenk, als sie zögernd die Hand hob.

Das Widerstreben, auch bei ihr.

»He«, sagte ich. »Du bist das.«

Ich dachte an das Weiterzählen an meinem Arm. Nahm mein Handy aus dem Halter und koppelte es ab. Pause. Alles umsonst. Oder ich musste binnen zwei Minuten wieder weg sein. Das kann dir, wenn du Pech hast, auch an einer Ampel passieren.

Als wir bei diesem Baum mit der Schnur rummurksten, merkte ich, wie der Schweiß abkühlte. Und dann fing auch noch diese Trulla an zu greinen.

In dem Moment war der Verlust wieder da. Ich kam nicht dran vorbei, konnte nicht mehr drum rumrennen.

Vielleicht lag es an ihr, weil ich sie wiedersah. Amber. Sie stemmte sich gegen Wind und Regen, schaute erst ins Leere und dann auf diesen Hund an dem Baum und die heulende Frau, und es war, als ob wir erneut Abschied von ihm nahmen. Als würde hier in diesem Park der Sarg in die Grube runtergelassen, immer tiefer, schnurrende Seilwinden, die kalte Erde bereit, das Holz zu schlucken. Sie sagte: »Ade, lieber Mattias«, und ging in die Hocke, um das Holz noch ein letztes Mal zu berühren, es gelang ihr gerade noch, sie kam gerade noch dran, ich stand ein paar Meter entfernt und bewegte mich nicht, und dann war er weg.

*

Einen Tag später kriegte ich eine Mail von meiner Mutter. Normalerweise mailte meine Mutter mir selten. Nur, als ich in Kundus war. Als Betreff tippte sie dann immer: *Heimatfront*. Darunter viel Gewäsch. Neue Gartenmöbel, ein Umbau bei den Nachbarn und dass es so unheimlich nett anzuschauen war, wie das Kind einer Nichte aufwuchs.

Diesmal nicht. Sie fragte, ob ich noch joggte. Sie sagte, sie habe eine Freundin, die jemand kenne, der gerne joggte, aber der sei blind. Sie schrieb: »Und jetzt sucht er jemanden, mit dem er trainieren kann, denn er möchte wahnsinnig gern damit weitermachen. Und da dachte ich an dich.« Seine Telefonnummer stand dabei.

Ich antwortete, dass ich nicht ganz verstünde, was man von mir erwartete, aber das sei auch egal, denn ich hätte sowieso keinen Bock darauf.

Am nächsten Tag schloss ich um sieben Uhr morgens die Haustür hinter mir, klemmte den Schlüssel in den Halter und rannte die Straße runter.

Die Zeit der Streckenerprobungen war vorbei. Erfolgreiche Menschen verschwenden keine Energie darauf, sich für dieses oder jenes zu entscheiden, wenn es ohnehin Jacke wie Hose ist. Steve Jobs trug auch jeden Tag wieder einen schwarzen Rollkragenpulli, blaue Jeans und leichte New-Balance-Sneaker. Also rannte ich gerade Strecken an der Straße entlang. Kilometer über Kilometer. Ich mied den Ort, an dem ich Amber begegnet war.

Am liebsten waren mir lange, leere Radwege an der Autobahn. Ich hier, sie da, in ihren Blechdosen, ihren Rauchhöhlen, ihren Telefonzellen auf Rädern. Keiner sah mich länger als eine Sekunde an.

Um zwanzig nach acht war ich wieder zu Hause. Sechzehn Kilometer, laut Satelliten. Es war noch dunkel. Ich holte mir einen runter und ging duschen.

Am nächsten Morgen lief ich fast achtzehn Kilometer. Nachmittags zog ich noch mal los. Aber nach einer Dreiviertelstunde begann es an der Außenseite meines rechten Fußes zu ziehen. Mit jedem Schritt drehte ich den Schmerz fester an, wie in einem Schraubstock. Rauslaufen, dachte ich. Hört gleich wieder auf. Wär nicht mein erstes Wehwehchen. Ich zehrte von Wehwehchen. Sie sagen dir, dass du was getan hast.

Nach zwei Kilometern musste ich dann aber doch die erste Abzweigung nehmen und im Schritttempo heimwärts gehen, während es immer schlimmer wurde.

Ich legte mich aufs Bett. Der Schmerz klopfte in meinem Fuß und strahlte bis in Schienbein und Wade aus. Ich suchte auf meinem Handy nach *Girl on girl*. Sie drückten sich an eine Glasschiebewand. Draußen schien die Sonne auf eine Grünanlage. Sie zogen sich gegenseitig ihre Yogaklamotten aus. Danach hinkte ich unter die Dusche.

Am nächsten Morgen hatte sich der Schmerz verzehnfacht. Ich wollte in die Stadt. Andere Schuhe kaufen. Es lag an diesen teuren Scheißschuhen. Ich war falsch beraten worden. Aber es kostete mich schon Mühe, überhaupt bis zur Bushaltestelle zu gehen. Auf halbem Weg fiel mir ein, dass ich gar keine Schuhe anprobieren, geschweige denn sie auf dem Laufband testen konnte. Ich machte kehrt, und mir graute vor den sechshundert Metern zurück zu meiner Haustür, mit der Couch dahinter und den Sendungen, die tagsüber im Fernsehen liefen. Meine Tage zerbröselten vor meinen Augen. Ich sah schon vor mir, dass ich in ein paar Jahren auf Partys zu den anderen Typen hochblicken und

Erzählungen einleiten würde mit »Als ich noch laufen konnte«.

*

Ich lag der Länge nach auf der Couch. Im Fernsehen lief ein Tennisturnier. Regelmäßiges Ploppen der Ballwechsel und alle paar Sekunden ein Applaus, worauf der Kommentator etwas sagen durfte. Dann wieder Stille und Ploppen. Es klingelte an der Tür, und ich machte nicht auf. Danach klingelte es bei der Nachbarin. Ich hörte eine Münze auf den leeren Boden einer Sammelbüchse fallen.

Dann machte ich es doch. Ich griff zum Telefon und scrollte die Mail von meiner Mutter. Klickte die Nummer an. Sah auf dem Display zu, wie die Verbindung aufgebaut wurde.

Es klingelte am anderen Ende. Ein zweites Mal. Kurzer Zweifel: Das ist Wahnsinn. Mein Finger schon an der roten Taste. Da hörte ich ein Rumoren und hielt das Handy wieder ans Ohr.

»Chris«, sagte die Stimme am anderen Ende.

Wie wir da standen, an dem ersten Morgen im Park, das erinnerte mich entfernt an die stillschweigende Kameradschaft, die ich vermisst hatte. Schulter an Schulter. Alle anderen, alle Stubenhocker verachten, weil sie das niemals begreifen werden. Der eine nichts ohne den anderen. Und dann Tempo machen.

Zwischen unseren Handgelenken hing ein circa dreißig Zentimeter langer Streifen von einem zerschnittenen hellblauen Handtuch. Sah ziemlich doof aus.

Dieser Blinde schien ganz normal geradeaus zu schauen. Ich fragte, ob es ihn genauso nerve wie andere, wenn er eine Fliege ins Auge kriege, und er sagte: »Und ob.«

Chris war jenseits der vierzig. Er wurde schon grau, aber das war ihm vielleicht nie gesagt worden. Er hatte in etwa meine Größe, was ein Vorteil war, solange wir mit diesem improvisierten Armband aneinandergeschweißt waren.

Er streckte die flache Hand vor sich aus und sagte: »Lass uns erst mal einfach spazieren gehen.«

Das taten wir. Ich hatte eine gerade Strecke gewählt.

»Wenn wir aus der Bahn geraten, musst du es sagen«, sagte er. »Vergiss das Band. Sag einfach erst was.«

»Bisschen mehr nach links«, sagte ich. Er korrigierte sich, und wir waren auf Kurs.

Er schlurfte den Weg lang wie einer, der im Supermarkt was nicht finden kann. Hatte ich ihn bei unserem ersten Treffen nicht von Halbmarathons reden hören? Das musste ein Scherz gewesen sein. Selbst für einen Spaziergang war das Tempo niedrig.

»Darf ich dir einen Tipp geben?«, sagte er. »Versuch, den Arm, an dem das Band befestigt ist, möglichst still zu halten. Wenn du ihn bewegst, denke ich, dass du etwas damit sagen willst. Wenn du wie ein Irrer mit dem Arm wedelst, ohne dass das mit einer Botschaft verknüpft ist, verliere ich die Orientierung.«

Auch das noch.

Ich sagte: »Ist notiert.«

Wir stiefelten weiter und schwiegen eine ganze Weile. Seine Atmung war regelmäßig. Ich fragte mich, wann wir in die Gänge kommen würden, aber mir schwante, dass ich ihn erst noch eine Zeitlang ausführen würde, als müsste er an jedem Baum seine Pinkelmarke hinterlassen.

Nach ein paar Minuten fragte ich ihn dann eben mal, wie das kam. Ich kannte mich da ja auch nicht so richtig aus.

»Was meinst du?«, fragte er.

»Na, wie es kommt, dass du blind bist.«

Er sprudelte gleich los. Dass sein Sehvermögen schon seit seinem neunten Lebensjahr nachgelassen hatte. Dass er als Teenager schon phasenweise blind war, das Sehvermögen aber immer noch kurz wiederkehrte. Dass es jetzt aber wohl definitiv aus war. Doch hundertprozentig blind war er auch nicht, denn leuchtende Farben konnte er schon erkennen.

»Ich kann manchmal Orange und Knallblau sehen«, sagte er. »Das ist wie Feuerwerk.«

»Krass.«

»Ja. Vor allem, wenn die Sonne scheint. Ich merke jetzt auch, dass sie von dort kommt«, sagte er und zeigte schräg nach oben.

Er hatte sogar recht.

Time: One. Hour. Six. Minutes. Distance: Four. Point. Seven. Three. Kilometers. Average pace: Thirteen. Minutes. Ninety-two. Seconds. Per kilometer.

Chris redete gern. Das hatte ich schnell erfasst. Er quasselte noch eine Weile weiter, als wir schon aus dem Park raus waren, über seine Tochter und seine Arbeit, und danach saßen wir bei mir zu Hause. Ich führte ihn zu einem Sessel. Er sagte: »Leg mal meine Hand auf die Rückenlehne. Dann komme ich schon zurecht.«

Ich fragte, was er trinken wollte. Wasser. Ging in die Küche, kam zurück und stellte das Glas vor ihn hin. Dann sah ich mich im Zimmer um.

»Hier ist schon lange keiner mehr gewesen«, sagte ich.

»Das merkt man«, sagte er. »Ziemliche Räuberhöhle.«

Wir unterhielten uns über Zeiten und Wettkämpfe. Er fragte, wie weit und wie schnell ich normalerweise lief, und ich ertappte mich dabei, dass ich ein bisschen aufschnitt. Ich sagte: »Zwölf, vierzehn Kilometer.« Ich sagte: »Und dann zwischen fünf und fünfeinhalb Minuten pro Kilometer.«

Er nickte mit mildem Beifall.

»Und du?«

»Ich muss neu anfangen. Bevor mein voriger Guide aufgehört hat, bin ich mit ihm viele Wettkämpfe gelaufen. Dafür haben wir immer ein halbes Jahr trainiert.«

Er sagte auch: »Ich brauche jemanden, der etwas schneller läuft als ich. Dann kann ich mich dranhängen, verstehst du? Wenn ich derjenige bin, der am schnellsten läuft, muss ich mir Sorgen machen, ob du mitkommst und ob du noch die Energie hast, mir Anweisungen zu geben.«

»The blind leading the non-blind.«

»Genau. Das ist nichts.«

In den Monaten danach gingen wir dreimal die Woche in den Park, immer zu ruhigen Zeiten. Nachdem ich mir ein paar Wochen lang auf die Zunge gebissen hatte, sagte er endlich: »Lass uns jetzt mal in den Laufschritt übergehen.«

Vor den Kurven zählte ich die Distanz rückwärts. »Nach links in drei, zwei, eins, *jetzt*.« Dann zog ich ruhig, aber dezidiert am Band. Er nahm die Kurve mit mir.

Einmal ist er aber doch gefallen. »Vorsicht!«, sagte ich, als plötzlich ein Radfahrer um die Kurve kam, aber er reagierte überhaupt nicht, und als ich im letzten Moment selbst Richtung Böschung auswich, zog ich ihn mit einem festen Ruck mit. Er versuchte noch, seine Schritte im hohen Gras auf die Reihe zu kriegen, fiel dann aber doch auf die Nase. Der Handtuchstreifen zerriss.

Er rollte sich auf den Rücken und fasste sich ans Knie. Die Haut war aufgeschürft und mit Blut getüpfelt. Er blieb angeschlagen sitzen.

Ich brauchte ein bisschen, ehe ich wusste, wie ich reagieren sollte.

Dann sagte ich: »Jetzt können wir wohl wieder.«

Er rappelte sich hoch und sagte: »Das ging nicht gut.«

»Nee.«

»Von ›Vorsicht!‹ hab ich nichts.« Sein Ton war barsch. Er hielt sich das Knie. »Denn da weiß ich nicht, wovor ich mich in Acht nehmen muss. Und wenn du mich unerwartet auf einen anderen Untergrund mitziehst, falle ich.«

»Ja. Ja, okay.«

»Das Gleichgewicht ist zu einem Drittel vom Sehen abhängig«, sagte der Schlaumeier.

»Ja, okay.«

Damit war die Sache erledigt. Später brüllte ich einmal »Radfahrer von links!«, als ein Spartamet auftauchte, das ich selbst auch nicht hatte kommen sehen. Da sagte er, dass er blind sei, aber nicht taub.

Wir entwickelten Routine. Seine Kondition wurde besser. Sehr schnell sehr viel besser. Das war verblüffend. Als trainierte er heimlich ohne mich. Er hielt länger durch. Ich versuchte, nicht zu laut zu atmen, um nicht zu verraten, dass ich alle war, aber er merkte das. Immer.

Er schickte mir einen Link zu einem Artikel – ich wusste nicht, wie er das hinkriegte – über eine Schottin, die auch von ihren Stäbchen und Zapfen im Stich gelassen worden war und jetzt bei den Paralympics mitmachte. Und ich fand ein Video von einem Mann und einer Frau, sie blind und er nicht, die zusammen im Hundertmetersprint einen neuen Rekord aufstellen und die Goldmedaille gewinnen. Zwei Meter vor der Ziellinie macht er ihr deutlich, dass sie den entscheidenden Jump voraus machen und den Oberkörper nach vorn werfen muss, um noch zwei Hundertstelsekunden rauszuholen. Sie hört es, und sie macht es. Jubel im Stadion, aber sie ist sich noch nicht sicher, ob sie einen Rekord gelaufen ist, das sieht man. Er schon, er sieht es, aber er sagt nichts. Er wartet, bis der Stadionsprecher es verkündet. Er steht daneben, sekundenlang, er grinst übers ganze Gesicht, winkt schon jemandem am Rand, und dann hört man aus den Lautsprechern die Zeit, und er schaut zu, wie sie von Glücksgefühlen überflutet wird. Wie es ihr ins Bewusstsein dringt. Er hat darauf gewartet.

Riet und Hendrik

Früher wusste sie, dass sie fast schlief, wenn sie nicht mehr rekapitulieren konnte, woran sie drei Sekunden zuvor gedacht hatte. Das war dann genauso verschwommen wie ein Streckenabschnitt, den man im blendenden Fernlicht eines entgegenkommenden Autos zurückgelegt hat.

Jetzt wiederholt sich alles immer wieder. Jetzt wird sie es einfach nicht mehr los.

All die Samstagvormittage, das Versammeln hinter der Kirche. Die strammen Konturen von den Waden der Jungs. Der Sturz, und dass sie ihn wochenlang pflegte. Ein nach Hause gebrachtes Fahrrad, auf dem Kopf im Licht der Laterne vor der Tür. Das Tasten nach seiner großen Hand, während sie den Enkelkindern beim Spielen auf dem Rasen zuschauten.

Und vor allem dieser Sonntagabend bei ihrer Tochter auf dem Sofa, in der Woche nachdem sie ihren ältesten Enkel verloren hatte, und die Rückfahrt tief in der Nacht, der entgegenkommende

Fahrer, der in der Annahme, die leichte Kurve für sich allein zu haben, sein Fernlicht anmachte (vielleicht ist sie deswegen auf diesen Vergleich gekommen), und dass sie ein paar Stunden später, zu Hause, als sie noch weniger schlafen konnte als sonst, bedachte, wie einfach es gewesen wäre: dem entgegenkommenden Auto zu weit ausweichen, Hendrik stoisch schweigend neben sich, die Haftung auf dem Asphalt verlieren, die Böschung spüren und dann die Augen schließen.

Sie öffnet die Augen.

Er steht am Schlafzimmerfenster, zieht am Griff und flucht in sich hinein.

Was tust du?

Das Ding. Es will nicht.

Sie liegt unter dem weißen Bezug. Der Eichenschrank mit dem flachen Fernseher steht am Fußende. Rechts davon ein Regalbrett mit Fotos. Alle Kinder, alle Enkelkinder. Mehr als alle Enkelkinder sogar. Links das Fenster, das sich seit ein paar Tagen nur noch höchstens dreißig Grad weit kippen lässt.

Das Mistding.

Hendrik.

Er hört sie nicht.

Hendrik, lass doch.

Unwillig dreht er sich zu ihr um. Er ist in letzter Zeit kleiner geworden. Das sieht man jetzt, da das

Lämpchen am Bett seine Silhouette ausleuchtet, noch besser. Es ist sein Rücken, denkt sie. Sein Rücken ist krumm. Sie sieht jetzt, was ihre Tochter meinte, voriges Frühjahr, an dem Wochenende im Bungalowpark. Die eine Hand abschirmend um den Mund: Papa geht langsam ein bisschen krumm.

Riets Schlaflosigkeit war der Familie bekannt. Dass Oma wachlag. Dass sie ein kleines Transistorradio unter dem Kissen hatte. Und auch, dass sie hartnäckige Meinungsverschiedenheiten mit Opa zu ihren Gunsten entschied, indem sie morgens erfand, dass sie etwas gehört habe, was ihren Standpunkt stützte.

So hatte sie ihn auch davon abhalten können, mit achtzig noch aufs Dach zu klettern, um eigenhändig Sonnenkollektoren anzubringen.

Ich habe heute Nacht im Radio gehört, dass dabei so viele Unfälle passieren.

Oh?

Ja. Haben sie ausdrücklich gesagt.

Die Nacht hatte ihr jahrelang allein gehört. Sie hatte oft das Gefühl gehabt, sie sich nach ihrem Geschmack zurechtschneidern zu können, wenn sie den Widerspiegelungen des Tages lauschte, den Gesprächssendungen, bei denen Hörer anrufen durften, um ihre eigene Geschichte zu erzählen, aus einer ihr bekannten Einsamkeit und eigenen Wahrheit heraus, nur jeweils zur vollen Stunde von einer matten Männerstimme unterbrochen, die für die Nächtigen die Greuel des Tages zusammenzufassen versuchte.

Aber jetzt liegt er genauso wach wie sie.

Wie sie sich kennenlernten: Die Geschichte erzählte er am besten. Begann mit dem Radsport, wir haben's jetzt von vor mehr als sechzig Jahren. Opa fuhr Rennen. Er hatte eine Zukunft auf dem Fahrrad. Eine *große* Zukunft.

Sie versammelten sich jeden Samstagvormittag hinter der Kirche. Da stiegen die jungen Männer auf. Oma wurde Soigneur des Trupps. Sorgte für Verpflegung und Trinkflaschen.

Er stürzte. Das war 1957. Ende des Auftakts zur Profikarriere. In den Wochen danach, erst im Krankenhaus und später bei ihm zu Hause, wich sie nicht von seiner Seite.

Noch immer gab er auf Geburtstagen schon mal zum Besten, dass er früher mit Jef Schils Rennen gefahren war. Aber kaum noch einer staunte bei diesem Namen. Mannomann, Jef Schils! Wenn ihm danach war, sog er sich auch mal ein paar Namen aus den Fingern, um zu sehen, was passierte. Dann sagte er so was wie: Opa ist damals noch mit Peertje

Pierkekens und Bertus Koppelstuk Radrennen gefahren. Bertus Koppelstuk, Mannomann!

Über sie sagte er, dass sie ihm schon einmal auf dem Jahrmarkt aufgefallen war, Wochen vor diesem ersten Vormittag hinter der Kirche, aber da hatte er sie nicht angesprochen. Nicht, dass er sich nicht getraut hätte, natürlich (Köpfe zu ihm hingedreht, Häppchen auf dem Tisch, das schöne Service, das sie hervorgeholt hatte), nein, *damit* hatte Opa keine Probleme. Opa dachte einfach: Das kommt schon noch. Opa dachte: Die läuft mir schon noch mal über den Weg. Radrennfahrer konnten damals an jedem Finger eine haben, aber Opa entschied sich für diese.

Und diese blieb, auch nachdem er gestürzt war.

Sie heirateten, obwohl das von ihm aus nicht nötig gewesen wäre. Die Eheschließung sei von außen aufgezwungen. Die Eheschließung genauso wie die Steuern. Sie zogen in ein kleines Haus in einem Dreißigerjahreviertel, etwas weiter östlich vom Zentrum der mittelgroßen Stadt, zwischen einem Arbeiterviertel und Neubaublocks. Man konnte nicht aus der Haustür treten, ohne gleich über Kinderwagen zu stolpern. Über Jungen und Mädchen, die an der Hand ihrer Eltern auf dem frisch verlegten Gehwegpflaster laufen lernten.

Um sie herum dehnte sich alles aus. Das Zentrum schien so schnell zu wachsen, dass sie über kurz oder lang mittendrin wohnen würden, ohne umziehen zu müssen.

Als an der Straßenecke ein kleines Ladenlokal frei wurde, zögerte er nicht einen Moment. Fahrräder zu reparieren hatte er schon als Kind von seinem Vater gelernt. Das Fahrrad, hatte sein Vater immer gesagt, ist eine natürliche Ergänzung des Menschen. Alle anderen Fortbewegungsmittel untergraben das, was der Körper schon von sich aus kann. Das Fahrrad dagegen stärkt diese Eigenschaften. Unsere Beine, unsere Arme, die Lunge, das Sehvermögen. Auf einem Fahrrad spielst du nicht falsch, sagte sein Vater. Jetzt hörte er sich das selbst schon seit Jahren sagen.

Sein Geschäft hatte mit Startschwierigkeiten zu kämpfen. Das Arbeiterviertel wollte nichts von ihm wissen, und die Leute aus den Wohnblocks bekam er nie zu sehen.

Aber dann wurde es allmählich.

Die Leute aus der Nachbarschaft sahen ihn oft noch abends vor dem Laden arbeiten, im gerade so eben ausreichenden Licht der Straßenlaterne. Dann fuhr er die reparierten Räder selbst zu den Besitzern nach Hause und händigte sie mit einer Mischung aus Stolz und Selbstverständlichkeit aus.

In einem Land, das wiederaufgebaut werden musste, war Kriecherei nicht angebracht. Das wusste Hendrik. Es ging darum, hart zu arbeiten und niemanden zu beschummeln.

So vergingen die Jahre. Sie bekamen einen Sohn und eine Tochter. Sie sorgte für die Kinder, er drückte ihnen, wenn sie in der Mittagspause ins Geschäft kamen, einen Mutternschlüssel in die Hand, mit dem sie ein Rad festschrauben konnten. Das Ticken des sich drehenden Rads passte gut zu ihren Erzählungen über das in der Schule Erlebte. Einmal im Jahr ließ Hendrik den Steuerberater kommen. Vorsorglich kaufte er dann den preiswertesten Kaffee ein, den er auftreiben konnte. Er überreichte dem Mann eine handgeschriebene Übersicht der Einnahmen und Ausgaben. Alles passte auf ein einziges Blatt Papier.

Das geht so nicht, hatte der Mann beim ersten Mal gesagt.

Das geht wunderbar, sagte Hendrik.

Der Steuerberater nahm das Blatt entgegen, schlug im Stehen seine eigene Unterlagenmappe auf, blätterte sie zu schnell und zu obligatorisch durch, als dass er wirklich etwas hätte überprüfen können, trank pflichtschuldig seine Tasse aus, verzog das Gesicht, akzeptierte Hendriks Barbezahlung der erwiesenen Dienste und ging wieder.

Das war der einzige Moment im Jahr, da Hendrik sich mit Behördlichem abgab. Er hatte es Riet überlassen, im Rathaus die Geburten von Kristianne und Henk zu melden. Für ihre Altersrente sorgte er selbst. Einen Führerschein hatte er nicht. Seinen Wählerausweis benutzte er dazu, den Schmutz rauszukratzen, der sich manchmal zwischen den Speichen ansammelte.

Als die Kinder aus dem Haus waren, nahm Riet eine Stelle in der Krankenpflege an. Sie hörte damit auf, als er siebzig wurde und das Geschäft an einen jungen Burschen aus dem einstigen Arbeiterviertel verkaufte, der vor Jahren als Hilfskraft zu ihm gekommen und seither geblieben war. Von nun an durfte der den Kunden Rede und Antwort stehen, die immer undankbarer zu werden schienen, immer häufiger Klagen hatten, nicht mehr grüßten, wenn sie vorübergingen. Durfte der den Männern mit Bärten und langen Gewändern nachblicken, die mittlerweile das Straßenbild bestimmten.

Sie buchten kleine Tagesausflüge mit der Bahn, standen bei Mattias' Fußballspielen am Rand und lasen die Zeitungen in der Bibliothek, bis ihr Körper das nicht mehr so recht mitmachen wollte.

Hendrik musste das als Erster zugeben. Dass, wie er es ausdrückte, die Zahnräder abgenutzt waren.

Manchmal sah sie ihn zögern, wenn sie auf dem

Rückweg von der Bibliothek an der Straßenecke vorüberkamen. Er hatte seit dem Verkauf keinen Fuß mehr hineingesetzt. Nein, sagte er, wenn sie danach fragte, ich vermisse das nicht. Da gebe es nichts zu vermissen. Er zog über den Dönerladen her, der nebenan aufgemacht hatte, mit dem boshaften jungen Mann auf seinem wackligen weißen Gartenstuhl vor der Tür. Das schadet auch unserem Laden, sagte Hendrik. Bin ich mir sicher. Ich könnte mal fragen, aber ich sehe es auch so schon.

Seine Rückenbeschwerden wurden schlimmer, und er bekam zu hören, dass er sich auf die Warteliste setzen lassen könne. Ein alter Freund starb bei einer Routineoperation, und das nahm er dem Krankenhauspersonal übel. Das Eurozeichen trat an die Stelle des Guldenzeichens, aber die Höhe der Beträge blieb schön gleich.

Während sie die Treppe hinaufstiegen, sagte er: Wir haben es aufgebaut, sie reißen es wieder ein. Sie verstand dann nicht so ganz, wen er eigentlich meinte, war aber so klug, nicht danach zu fragen.

Ach komm, Hendrik.

Ich darf doch wohl noch sagen, was ich denke!

Sie schwieg und zählte die Stufen.

Er sagte: Das kann nicht gutgehen.

*

Sie wussten selber auch, dass das nicht für jeden die ideale Ausgestaltung eines freien Wochenendes war. Oma und Opa sind ja nicht beschränkt. Als Enkelkind ist man nicht unbedingt scharf auf ein Wochenende in einem Ferienpark, weil zwei Alte sechzig Jahre zusammen sind.

Aber sie hatten alles dafür getan, dass es jedem gefallen würde. Angefangen damit, dass sie für das ganze Drum und Dran aufkamen. Für Essen und Trinken sorgten. Und dass sie ihnen die Freiheit ließen zu tun, was sie wollten, bis auf den einen Abend, den des tatsächlichen Jubiläums, ihres sechzigsten Hochzeitstags. Dann wäre es nett, wenn alle in unserem Bungalow zusammenkämen. So hatte es in der Einladung gestanden: Es wäre nett.

Und alle waren da. Die Sonne ging über dem Rasen neben dem kleinen Backsteinhaus unter, drinnen standen Chips und Käsewürfel auf der Anrichte und ein Fässchen Bier zum Selberzapfen auf der kleinen Bar. Auf zusammengeschobenen Resopaltischen prangten Salate und belegte Brötchen. Die Ältesten der Familie saßen drinnen auf dem Sofa, die Jüngsten waren draußen oder hockten auf den Fliesen und spielten Spiele.

Jemand lehnte an der Anrichte. Jemand schlängelte sich mit seinem Teller durch das Gedränge. Jemand knickte seine Plastikgabel ab, als er sie in eine Silberzwiebel spießte. Jemand löffelte einen Bissen Husarensalat. Jemand stieß im Vorbeigehen einen der untersten Steine aus dem Jenga-Turm.

Aber er war derjenige, der von den anderen mit dem Geschenk nach vorn geschoben wurde, als Ältester, im Namen aller Enkelkinder. Riet nahm es entgegen, eine kleine Schachtel, in der nur ein Kärtchen mit einem Benutzernamen und einem Passwort lag.

Das ist für Netflix, sagte Mattias.

Was ist Netflix?, fragte sie.

Fernsehserien. Kannst du dir angucken, wann immer du willst. Eine Art Videothek. Du brauchst nur diese Daten einzugeben.

Mehr sagte er nicht dazu.

So kannte sie ihn. Der sagt kein Wort zu viel, sagte Riet manchmal zu Hendrik.

An dem Wochenende sah sie Mattias neben seiner Freundin am Rand des subtropischen Swimmingpools sitzen, eine Hand auf ihrem Knie, und wie er sie mit einem liebevollen kleinen Blick wortlos fragte, ob sie sich noch wohl fühlte im Kreis seiner Familie, und das genügte, auch für Riet.

Nach dem Wochenende sagte sie zu Hendrik: Das passt schon, mit den beiden.

Seit dem Wochenende im Ferienpark musste sie immer wieder an etwas denken, das Mattias' Freundin dort erzählt hatte. Amber war einmal von Freunden ihrer Eltern gebeten worden, bei einem Tag der offenen Tür in deren zum Verkauf stehendem Haus anwesend zu sein. Das war noch, bevor die Immobilienpreise wieder anzogen. Da konnte es Monate oder sogar Jahre dauern, bevor man einen Käufer fand.

Die Leute hatten nur ein Jahr darin gewohnt. Sie wollten das Haus loswerden, weil sie sich trennten. Es sei so gewesen, erzählte Mattias' Mädchen, dass das Paar zuvor jahrelang nach dem idealen Haus gesucht hatte. Abendelang im Internet, Fotos im Immobilienblättchen umrandet. Als sie sich dann für ein Neubauprojekt entschieden hatten, liefen sie jedes Wochenende dorthin. Sie machten Fotos und schickten sie Freunden. Sie sahen, wie der Ausbau des Erdgeschosses Form annahm, stapften mit großen Schritten über den Teil des Grundstücks, der zum Garten werden sollte, und zählten die Quadratmeter aus. Sowie sie den Schlüssel hatten, ließen sie teure Gehwegplatten neben einer perfekt gemähten Rasendecke verlegen. Freunde halfen beim Streichen, und abends aßen sie auf dem nackten Betonboden Pizza und hielten die Pappkartons an die Wand, wo sie Bilder aufzuhängen gedachten.

Das Haus bekam ein Arbeitszimmer, einen begehbaren Kleiderschrank, Abstellfläche auf dem Dachboden. Sie gaben Zigtausende Euro für ein Wohnzimmer mit offenem Kamin und Licht von allen Seiten aus. Es kostete sie monatelange Arbeit.

Und als alles fertig war, trennten sie sich.

Das war's. Es gab nichts mehr, wovon man träumen konnte.

War das Familienwochenende für Riet und Hendrik genau so etwas gewesen?

Es steckten so viele Vorbereitungen darin. Riet hatte monatelang nach dem am besten dafür geeigneten Ort gesucht und studierte schon Wochen vorher immer den Wetterbericht. Sie verhandelte mit Partyservices und kaufte etwas Neues zum Anziehen, auch für ihn.

Noch dieses eine Mal würden sie alle beisammen sein, die Familie, an deren Haupt sie standen. Ihre Zellen hatten sich geteilt und vervielfacht, bis sie sechzig Jahre nach ihrem Hochzeitstag fünf Ferienparkhäuschen für alle benötigten.

Sechzig Jahre. Ein eigenes Leben aufbauen lautete das Ideal, vor langer Zeit. Das Geschäft, die Familie, eine gute Erziehung für die Kinder, die richtige Schule. Danach die Enkelkinder, auf die sie zweimal die Woche aufpasste. Als auch das Jüngste in der Kindertagesstätte untergebracht war, blieben noch die Geburtstage und die Festtage. Aber sie sah immer schlechter, und es wurde immer beschwerlicher, überall hinzufahren. Und waren sie dann dort, blieb das Wohnzimmer zur Hälfte leer. Wirklich alle beisammen, das war Jahre her.

Deshalb wurde die diamantene Hochzeit im Bungalowpark so sorgsam vorbereitet.

Es war gut. Sie hatte es genossen.

Aber jetzt war es vorbei. Jetzt waren sie wieder zu Hause.

Und was blieb jetzt noch?

Hendrik?

Hendrik, schläfst du?

Nein.

Hendrik, was bleibt jetzt noch?

*

Besonders ärgerlich konnte er werden, wenn er bei ihr Schwächen entdeckte, die er von sich selbst kannte. Zerstreutheit zum Beispiel, die bei ihm nun, da seine Welt kleiner und überschaubarer geworden war als früher, weniger auffiel.

Ich hab das *gerade erst* zu dir gesagt.

Das wusstest du gestern auch schon nicht.

Wie kannst du das jetzt schon wieder vergessen haben?

Gespielte, dick aufgetragene Verwunderung. Das war leichter, seit er selbst nicht mehr so oft dabei ertappt werden konnte. Und wenn es doch mal vorkam, dass er auf eine Gedächtnislücke stieß, schien sie es nicht zu bemerken.

Netflix steht auf Pause. Zu Beginn der Folge wurde auf der Brücke zwischen Schweden und Dänemark eine Leiche gefunden. Genau auf der Grenze zwischen den beiden Ländern. Als Polizisten nach der ersten Untersuchung am Tatort die Leiche auf eine Trage heben wollten, sagte einer von ihnen erschrocken: O Gott! Sie fiel nämlich in zwei Teile auseinander, die zu zwei verschiedenen, in der Mitte durchgetrennten Leichen gehörten.

Hendrik löst sich vom Fenster und kommt die zwei Schritte zum Bett zurück. Es hört sich nicht an, als ob er sich auf die Matratze legt, sondern als bugsiere er etwas anderes darauf, das klobig und schwer festzuhalten ist.

Rituale haben sie immer gehabt, so streng, wie sie sich an Zeiten hielten. Tagsüber hatte sie ihre Magazine und »Wordfeud«, das sie mit anderen aus der Familie auf dem iPad spielte. Er werkelte herum. Da konnte eine Stunde noch unbemerkt verstreichen. Um sechs Uhr Essen, anschließend die Nachrichten im Fernsehen. Er einen Genever um neun Uhr und einen zweiten um halb elf. Das letzte Schlückchen kurz vor Mitternacht, wonach sie sich auszogen und um Punkt zwölf Uhr im Bett lagen.

Am ersten Abend, als sie das rote Logo anklickten, kurz nach dem Familienwochenende, sahen sie, dass es dort Krimiserien von früher im Angebot gab. *Miss Marple, Midsomer Murders.* Folgen, die sie ausnahmslos schon einmal gesehen hatten. Er wusste das meistens schon ein paar Minuten nach der Eingangsszene, sie hatte alles komplett vergessen. Für sie war das Vergnügen größer; auch beim zweiten und dritten Mal blieb spannend, wer der Mörder war.

Als sie alle verfügbaren Folgen gesehen hatten, kamen die skandinavischen Serien an die Reihe. Schnellere Bilder, verzwicktere Erzählstränge, brutalere Morde. Aber sie schauten es sich an, denn das war ihre Beschäftigung. Wenn eine Folge zu Ende war, liefen die Sekunden am unteren Bildrand wieder zurück, und sie warteten geduldig, bis die nächste Folge begann.

Manchmal sagte sie etwas, wenn sie den Faden verloren hatte.

Wer war das noch mal? Oder: Wo sind wir jetzt?

Er antwortete kurz, und dann guckten sie schweigend weiter. Irgendwann schlief er ein, dieses stramme Muskelpaket, dieser Koloss von Fahrradmonteur, die Schläuche geflickt und die Vorderradgabeln ersetzt, morgen wieder weiter.

Aber nach Mattias wussten sie beide wochenlang nicht, ob sie überhaupt schliefen.

Riet erinnert sich der Tage, nachdem es passiert war, als Verkettung kurzer Momente. Dass sie es mit der Angst bekam. Nicht vor etwas Bestimmtem, sondern gerade vor dem Ungewissen, davor, nicht sehen zu können, wie viel tiefer das noch war. Dann war sie fast versucht, mit ihm darüber zu reden.

Doch sie wusste, dass sie ihre Angst damit eher vergrößern würde. Jetzt bestand noch die Möglichkeit, dass er von selbst keine solchen Gedanken hegte und noch ein Rest Lebendigkeit in ihm steckte.

Sie muss an einen Witz denken, den sie früher manchmal erzählte. Schrödinger wird im Auto von einem Polizisten angehalten, der fragt, was er im Kofferraum habe. Er weigert sich, darauf zu antworten. Der Polizist schöpft Verdacht und geht um das Auto herum. Öffnet den Kofferraum.

Er ruft: He, hier liegt eine tote Katze!

Und Schrödinger sagt: Jetzt schon, ja.

Hendrik verkürzte die Zeit, die er auf ein Gläschen Genever verwandte, so dass vor Mitternacht noch

Zeit für ein drittes Gläschen blieb. Das wurde zum Wichtigsten, was er zwischen neun und zwölf tat. Danach gingen sie schweigend ins Schlafzimmer.

Sein Kopf war zu voll, seine Hände waren zu leer.

Er sagte, dass er immer wachliege, weil sie so schwer atme und huste. Sie gab hingegen ihm die Schuld, weil er so oft zur Toilette musste oder im Dunkeln plötzlich laut zu reden anfing und Sätze ausstieß, die er mit *Bevor* die *hierherkamen* einleitete.

Es gab Nächte, in denen sie sich heftig stritten, er aus dem Zimmer marschierte und sie ins Kissen weinte. Sie sah, dass ihn das nicht mehr berührte. Das war noch das Schlimmste. Früher schmolz ihm das Herz, wenn sie weinte.

Mal sehen, sagte Hendrik. Er starrte auf die Fernbedienung in seiner Hand, legte den Daumen an die Pfeiltasten in der Mitte und verfolgte über den oberen Rand seiner Brille hinweg, was auf dem flachen Bildschirm geschah. Und es half. Solange sie sich fragen konnten, wer es gewesen war, solange Spannung in der Musik lag, in den Dialogen, der Handlung, solange das Leben im Fernsehen weiterging, galt das auch für ihr Schlafzimmer.

Nachdem die Sekunden bis Folge fünf runtergelaufen sind, wird das Bild dunkelgrau, eine Prozentangabe bewegt sich auf die 100 zu, stockt jedoch bei 78.

Sie liegen zehn, zwanzig Sekunden da und warten, ohne etwas zu sagen. Hendrik greift zur Fernbedienung und drückt auf ein paar Tasten. Danach klickt er die Lautstärke rauf und wieder runter.

Sie durchbricht die Stille.

Was probierst du denn jetzt?

Er deutet mit der Fernbedienung auf den Bildschirm.

Ich probiere, das Ding wieder in Gang zu setzen.

Das hat doch nichts mit der Lautstärke zu tun. Die Tasten kannst du lassen.

Aber es tut sich nichts.

Ja, das sehe ich.

Eine Minute verstreicht. Immer noch 78 Prozent.

Schalte mal aus und wieder an, schlägt sie vor. Hendrik drückt mit dem Daumen auf die rote Taste. Der Fernseher gibt einen kurzen Laut von sich, scheint ein vergnügtes »Auf Wiedersehen!« wünschen zu wollen. Danach drückt Hendrik dieselbe Taste noch einmal. Der Fernseher wird nicht weniger munter wieder wach. Genau das gleiche Bild.

Vielleicht funktioniert das Internet nicht, sagt sie.

Was hat denn das Internet damit zu tun?

Er zeigt zögerlich zum Bildschirm. Seine Stimme ist schroff, als fühle er sich plötzlich in die Enge getrieben von dem Gespräch und dem schweigenden Fernseher, der in den vergangenen Monaten immer Töne von sich gegeben hat, auch als sie im Wohnzimmer keine Nachrichten mehr anzumachen wagten und erschraken, wenn das Telefon klingelte. Hier im Schlafzimmer klickten sie, wenn sie wachlagen, das rote Logo an, um Folge nach Folge zu gucken, ohne Pausen von mehr als einer halben Minute dazwischen.

Sie sagt: Dieses Netflix läuft übers Internet.

Aber es ist doch auf unserem Fernseher!

Was meinst du, wie es da hinkommt?

Und auf einmal fällt ihr die Zerbrechlichkeit seines Körpers auf. Die Konturen unter der Bettdecke – nicht mehr als ein hilfloser Versuch, sie glauben zu machen, da liege wirklich jemand. Stellte dieser Mann je mit einer einzigen fließenden Bewegung Fahrräder aller Art auf den Kopf? Trug er sie je hier ins Haus hinein, als sie sich auf der Treppe den Knöchel verstaucht hatte? Hielt er je drei Enkelkinder gleichzeitig auf dem Arm und machte dabei Schattenboxen mit dem vierten?

Er klettert aus dem Bett. Zuerst das rechte Bein, mit dem Fuß nach dem Hausschuh tastend, der dort liegen muss, dann das linke Bein, genauso. Er steuert auf das Wohnzimmer zu und flucht dort in sich hinein, als er mit knackenden Knien in die Hocke geht.

Er ruft: Soll ich den Stecker aus dem Ding rausziehen?

Aus welchem Ding?

Aus dem Ding. Dem Ding. Dem Modem.

Dann lass ihn aber mal zehn Minuten draußen. Und dann wieder probieren.

Genau, sagt er, und sie vernimmt, wie Kabel und Gehäuse voneinander getrennt werden. Sie hört ihn murmeln: Geh mal eben in dich, und bereue deine Sünden.

Die Prozentangabe verschwindet. Dunkelgrau wird zu Schwarz.

Er geht in dumpfem Schweigen auf und ab wie einer, der vor dem Operationssaal auf die Auskunft des Arztes wartet. Nach zehn Minuten wird die Verbindung wiederhergestellt. Er kommt ins Schlafzimmer zurück. Bleibt auf der Schwelle stehen und rückt einen halben Meter zur Seite, um sich nicht im Spiegel der Kleiderschranktür zu begegnen.

Sie muss die Diagnose stellen.

Nein, nichts.

Riet steigt auf ihrer Seite aus dem Bett, wirft sich den verschossenen hellrosa Morgenmantel über, nimmt ihre Brille vom Nachttisch und geht die paar Schritte zum Fernseher, um auf den Schalter an der Außenseite des Bildschirms zu drücken und ihn auszumachen.

Das ist dasselbe wie hiermit, sagt Hendrik. Er schaut auf die Fernbedienung. Seine Stimme klingt schwach, fast niedergeschlagen.

Lass mich mal eben.

Das nützt nichts.

Lass mich doch.

Sie greift zu dem Kabel hinter dem Fernseher, irgendwo in der Mitte, und zieht daran. Die Wand gibt den Stecker frei.

Er sagt: Das ist nicht gut für das Ding.

Kannst du einfach mal eben den Mund halten?

Aber du machst unsere Sachen kaputt.

Da wird es ihr zu viel, und sie läuft aus dem Zimmer. Sie umklammert die Lehne eines Stuhls am Esstisch und stützt sich darauf. Holt tief Luft. Nach ein paar Sekunden dreht sie den Stuhl etwas herum und lässt sich auf dem harten Holz nieder. Die drei Grad weniger in diesem Raum haben eine tröstende Wirkung.

Sie erhebt sich wieder und setzt Wasser auf. Beim Warten hält sie sich an der Spüle fest.

Im Schlafzimmer wird der Stecker wieder in die Wand gesteckt, das Bett knarrt, als er dorthin zurückgeschlurft ist. Er flucht in sich hinein.

Als der Deckel des grünen Kessels zu klappern beginnt, dreht sie das Gas ab, fasst mit einem Topfhandschuh den Henkel und gießt kochendes Wasser in einen Becher mit der Aufschrift FLORIADE 1992. Sie hängt einen Beutel Anistee hinein und geht ins Schlafzimmer. Im Türrahmen bleibt sie stehen.

Er hat wieder die schwarze Fernbedienung in der Hand. Sie schaut ihm zu und sagt: Es funktioniert nicht besser, wenn du fester auf die Tasten drückst.

Ich weiß, dass das nichts nützt. Aber warum nützt nichts?

Vielleicht ist ja eine Störung im ganzen Viertel.

Sie fühlt die beruhigende Wirkung des Morgenmantels um ihren Leib und des Bechers Tee in ihrer Hand. Sie setzt den Becher an den Mund, pustet kurz. Dampf auf ihrer Brille.

Mistding, sagt er.

Das tust du nicht, herrscht sie ihn an. Du fängst jetzt nicht an zu schimpfen.

Hendrik, mäßige dich.

Hendrik schweigt.

Bestimmt geht gleich wieder alles. Abwarten.

Er steht auf. Sie sieht die hochschwappende Wut in seinen Augen, den Unwillen über die eigenen Gedanken.

Alles, was danach geschieht, geschieht blitzschnell: Er löst sich vom Bett, scheint plötzlich zu denken, dass er allein im Zimmer ist, murmelt, dass er schon wieder auf die Toilette muss, stürmt gebeugt, aber mit ungewöhnlich schnellen Schritten auf sie zu, wobei er erst an ihr vorbeizuwollen scheint, dann aber den Kurs ändert, sein vierundachtzigjähriger Körper fängt sich noch, halb mittels Tastsinn, halb mittels brillenloser Sicht, sie tritt einen Schritt zur Seite, doch er rammt sie wie ein Auto, das zu weit zur Straßenmitte abgedriftet ist, Hendrik, sagt sie noch, Hendrik, viel lauter jetzt, aber er hat schon ihren linken Arm erwischt, und sie wird herumgerissen, und auf ihrer rechten Seite schwappt der Tee wie heiße Gischt über den Rand, sie versucht noch, sich am Türrahmen festzuhalten, doch sie fällt, sie fällt und fühlt sofort, wie es brennt.

Der Becher zerspringt auf den Fliesen. Weiße Scherben verteilen sich, hellbraune Rinnsale streben die Fugen entlang, als suchten sie nach dem Ausgang eines Labyrinths. Schmerz breitet sich in ihrem Körper aus, und sie krümmt sich zusammen.

*

Wie lange mögen sie beide dort sitzen? Es dauert vielleicht fünf Minuten. Sie hält die eine Hand auf die nackte Haut unter ihrem Morgenmantel. Kneift die Augen zu.

Er macht gar nichts. Sieben, acht Minuten.

Und dann erst sagt er leise: Komm, das musst du unter kaltes Wasser halten.

Er hilft ihr auf.

Im Badezimmer rupft er ihr den Morgenmantel runter, während sie sich an dem Griff festhält, der vor einem Jahr vorsorglich angebracht worden ist.

Der Griff ist kalt, die Wanne ist kalt. Sie erschrickt darüber, und er sieht es.

Es muss sein, sagt er ruhig.

Einen Arm um seinen Nacken gelegt, lässt sie sich hinunter.

Wasser, sagt sie und zeigt zum Wasserhahn.

Setz dich erst richtig hin.

Es tut weh, Hendrik.

Tu ich dir weh?

Nein. Aber *es* tut weh.

Sie sieht das Rot um seine Augen. Erkennt etwas darin, etwas von vor langer Zeit.

Er flüstert: Tut mir leid.

Er lässt erst etwas warmes Wasser in die Wanne laufen, damit sie eine warme Unterlage hat. Dann sagt er: Jetzt kalt.

Er hält den leisen Strahl auf die rot gewordenen Stellen. Intime Teile ihres Körpers, die er wie kein anderer kennt und die er in den sechzig Jahren ihres Zusammenseins Veränderungen hat durchlaufen sehen, so wie sie bei seinem.

Das Eis ist dick nach sechzig Jahren. Da bricht man nicht so ohne weiteres ein.

Er hält in der Wassermassage ihres Beins inne.

Er fragt: Ist es noch so?

Was?

Ist es noch so? Mit dem dicken Eis. Was du gerade gesagt hast.

Sie hat nicht gemerkt, dass sie laut geredet hat.

Sie sagt: Nicht, wenn man heißen Tee darüber schüttet. Dann schmilzt es.

Ich hab mich schon dafür entschuldigt.

Sie bleibt noch eine Weile sitzen. Das Wasser steigt höher. Minutenlang ist ihr Blick auf ihn gerichtet, wie er dort auf dem Wannenrand sitzt, auf einem Handtuch, das er sich genommen hat. Und siehe da: Das schwache Badezimmerlicht leuchtet ihn so aus, dass sie die Unerschütterlichkeit von früher in diesem Mann wiedererkennt, der sie beschützte und umarmte, der, wenn es ruhig zuging, selbstbewusst in der geöffneten Tür seines Ladens stand und auf die Nachbarschaft blickte.

Jede Minute fragt er sanft, ob es gehe, und jedes

Mal antwortet sie: Ja, es geht, aber ich habe mich schon erschrocken.

Eine Stunde später schläft er.

Sie hört es an seiner Atmung und sieht es an seinen Bewegungen, von denen die Nervosität abgefallen ist, die ihn in wachen Stunden plagt.

Sie haben die Wanne leerlaufen lassen. Er hat ihr beim Abtrocknen geholfen. Danach sind sie zusammen ins Schlafzimmer gegangen. Er sagte, dass er sich kurz hinlegen wolle, und da war er im Nu weg.

Sie geht ans Fenster und lehnt sich unwillkürlich hinaus. Sie möchte frische Luft auf ihrem Gesicht spüren.

Die Straße ist leer. Dann fällt ihr auf, dass auf der gegenüberliegenden Seite ein Auto steht, dessen Scheinwerfer noch an sind. Sie schaut, ob der Besitzer in der Nähe ist, und meint ihn zu sehen, zwei Menschen sind es, doch sie gehen am Auto vorbei. Sie schenken ihm keine Beachtung. Es ist nicht ihr Auto.

Und dann bleiben sie stehen, einander gegenüber. Er ist groß, sie zierlich. Junge Leute? Mann und Frau? Sie küssen sich wie ein verliebtes Paar nach einem Schulfest, und dann umarmen sie sich wie ein Ehepaar nach dem Begräbnis eines Enkelkindes.

Und dann, sie sieht es wirklich, dann tanzen sie.

Um sieben Minuten vor halb vier in der Nacht, während die Straßen still sind und die Laternen nur für sie leuchten, neben dem schlampig gestutzten Rosenstrauch der Nachbarin von gegenüber. Anmutige Bewegungen, worin sie sich zu finden suchen, als folge jeder kleine Schritt dem Vorschlag eines von ihnen. Sollen wir so herum, sollen wir jetzt das machen?

Sie wendet sich ab. Geht zum Fernseher, schaltet ihn aus und findet auf ihre Seite vom Bett zurück.

Nathan

Ich muss was trinken. Ein Erdinger Weißbier wär am besten. Trübes Gold in einem eleganten, hohen Halbliterglas mit weiblichen Kurven.

Was ich auch brauche: eine in De Bilt gemessene Tagestemperatur, die nicht über 15,2 Grad Celsius liegt, was den vorläufigen Mittelwert für den Monat Mai bei 13,1 halten würde und damit auf jeden Fall nicht höher wäre als 2014.

Und wenn wir schon dabei sind: eine Elektrolokomotive Baureihe E186 der Nederlandse Spoorwegen (NS) vom Hersteller Märklin, für Spur H0, zu 229,99 Euro. Gern eine mit zwei unbeschädigten Kurzkupplungen, damit ich das Modell ersetzen kann, das jetzt unbeweglich auf meinem Ostgleis steht.

Aber zuerst so ein Erdinger. Ein großer Schluck, ohne abzusetzen, in dem Wissen, dass du noch mehr als genug übrig behältst. Nicht so wie bei diesen armseligen holländischen Stangen, die sind echt das Letzte; *ein* Zug, und du bist am Boden angelangt, worauf dein Los wieder in den Händen einer Bedienung in schwarzer Bluse und schwarzer Schürze mit großen Stecktaschen liegt, die zufällig nie in deine Richtung guckt – nein, reichlich bemessene Mengen exquisiten deutschen Biers; sie pflügen zwar unsere Strände um, aber Modelleisenbahnen bauen und Bier brauen, das können sie verdammt gut.

Ich werde mich gedulden müssen. Ich kann hier nicht weg.

Mein Name ist Nathan Molenaar, Verkäufer im Innendienst bei Hamilton, Vertreiber von Büro-, Sitzungs-, Kantinen- und Empfangsmobiliar, verlässliche Qualität zu erschwinglichen Preisen. Und heute ist Tag eins eines zweitägigen Seminars in einem für diesen Zweck angemieteten Strandrestaurant, unter der Leitung eines aus Amsterdam angereisten bebrillten Gnoms, der das heutige Programm um kurz nach neun als »Plan de Champagne« ankündigte. Nach der *Vorstellungsrunde* füllten wir eine von ihm verteilte Fragenliste aus, die uns größeren Einblick in unsere *persönlichen Werte und die Fallstricke im Rahmen von Verkaufsgesprächen* geben soll. Van Peursem heißt der Mann.

Ein Verkaufsgespräch, sagt er, beginnt mit einem Nein.

Noch schlimmer, er sagt: »Erst dreimal nein ist nein.« Er sagt das nicht zum ersten Mal, und es ist erst halb elf.

Mir brummt der Schädel.

Draußen hüpft eine Kohlmeise durch das Heidegras. Sie trägt eine schwarze Krawatte auf ihrer hellgelben Brust. Der Seewind bläst hin und wieder ihren Daunenkragen hoch. Ich sehe sie singen, immer drei kurze Töne hintereinander, mit stolz erhobenem Kopf, als habe sie dieses Lied gerade erst in den Griff gekriegt.

Van Peursem sagt noch viel mehr, aber er kommt nicht gegen die E186, die 15,2 Grad Celsius, das Erdinger an. Und das Strandhaus und Wes und was er morgen Abend sagen wird.

Als ich mit meiner Aufmerksamkeit wieder dabei bin, nimmt van Peursem gerade die überdimensionale, knallrote Karikatur eines Telefons mit Wählscheibe aus seinem Koffer. Er bedeutet Timo, dass der mit Daumen und kleinem Finger einen Hörer am Ohr imitieren soll. »Mach mal so«, sagt er.

Timo tut es auch noch.

Der Kursleiter hält den Finger an die Wählscheibe, schaut auf und fragt: »Deine Nummer?«

Ein paar Kollegen kichern. Er selbst auch. Dann winkt er mit jovialer Geste ab – kleiner Scherz, muss ja zwischendrin mal erlaubt sein – und sagt zu Timo, nun in seriösem Ton: »Fang mal an.«

Timo räuspert sich und sagt etwas, das ich in den vergangenen anderthalb Jahren schon an die tausend Mal gehört haben muss. »Hamilton, guten *Morgen,* Sie sprechen mit Timo Breman.« Am Vormittag legen wir die Betonung auf »Morgen«, weil wir so überaus froh sind, den Gesprächspartner zufällig zu dieser umwerfenden Tageszeit antreffen zu dürfen. Nachmittags machen wir das Gleiche mit *»Tag«.* Zwischen zwölf und eins zögern wir kurz – guten … *Tag* –, um durchklingen zu lassen, dass uns eigentlich noch das *Morgen* auf den Lippen lag, aber die Zeit fliegt ja, wenn man mit so viel Freude bei der Sache ist.

»Ja«, sagt van Peursem resolut. Mit der linken Hand drückt er den Hörer ans Ohr, mit der rechten hält er einen Stift über seinem Notizblock gezückt. »Ich brauche Büromöbel.«

Timo, den Daumen im Ohr, den kleinen Finger im Mundwinkel: »Das lässt sich machen. Womit genau kann ich Ihnen denn dienen?«

»Eigentlich müsste alles mal erneuert werden.«

Ich sehe Timo denken: Kein Mensch ruft uns je an, weil *alles* erneuert werden muss.

»Okay … Darf ich fragen, um wie viele Arbeitsplätze es dabei geht?«

Van Peursem saugt kurz an seinem rechten Daumen, hält ihn dann in die Luft, während er triumphierend im Halbkreis herumblickt, und sagt: »Sechzehn bis zwanzig.«

»Okay«, sagt Timo wieder zögernd, doch bevor er weitersprechen kann, hat der Gesprächspartner schon den großen Hörer aufgeknallt.

»Das reicht«, sagt van Peursem. Er lässt den Blick über unsere Runde wandern und fragt: »Wo ist das jetzt schiefgelaufen?«

Keiner antwortet. Timo macht ein Gesicht, als kaue er gerade auf einem Stück Alufolie.

»Na, wer hatte in diesem kurzen Gespräch wohl die Regie?« Er richtet seine Frage zuerst nicht an jemand Bestimmten, lässt sie rhetorisch in der Schwebe, zeigt dann aber doch auf einen willkürlichen Kursteilnehmer. Nadja. Die stille Nadja.

»Sie«, sagt sie leise.

»Genau!«, ruft er aus. Er zielt mit seinem gruseligen Wurstfinger auf Nadja, die sich vor Schreck einen Schuss Kaffee über den Schoß kippt, und wendet sich dann wieder dem Stümper zu, der seine Telefonhand immer noch nicht hingelegt hat. »Der Kunde. Der *Kunde* hatte die Regie. Und, Timo, wer *sollte* wohl die Regie haben?«

Beim Mittagessen werden die aktuellen Nachrichten besprochen.

»Diese Menschen entscheiden sich doch aus freien Stücken für die Überfahrt«, sagt jemand. »Stimmt doch, oder etwa nicht?«

Ein anderer sagt mit vollem Mund: »Das Problem ist, sie wissen ganz genau, dass man sie schon retten wird. Wenn es schiefläuft. Darauf spekulieren sie einfach.«

Der Erste wieder, gestärkt durch die Zustimmung: »Man nimmt einfach ein Kartoffelschälmesser mit. Wartet, bis man draußen auf dem Mittelmeer ist, und dann ›ratsch!‹.« Er nimmt das Messer, das neben seinem Teller mit dem halb gegessenen Fleischkrokettenbrötchen liegt, und sticht es in das imaginäre Schlauchboot unter seinem Stuhl. Schaut nach unten und setzt eine erstaunte Stimme auf: »He, Jungs, was ist das denn, wir sinken! Ruft mal die Italiener an.«

Einige lachen. Der Rest schaut weg.

Nach dem Mittagessen stehe ich mit van Peursem am Kaffeeautomaten. Er ist mir zielstrebig immer näher auf die Pelle gerückt, bis ich weder vor noch zurück konnte. Sein grauweißes Oberhemd spannt über dem vorgewölbten Bauch. Es schnappt zwischen den Knöpfen nach Luft.

»Von dir habe ich noch wenig gehört«, sagt er.

Ich räuspere mich, um sicherzustellen, dass meine Stimme es tut, und sage dann: »Ich halte mich lieber zurück.«

»Nathan, nicht? Was ist deine Vorgeschichte, Nathan?«

»Bitte?«

»Was hast du vorher gemacht? Bevor du zu Haggleton gekommen bist?«

»Hamilton.«

Er nickt gleich wie wild, als nehme er sämtliche Schnitzer dieser Welt auf seine Kappe, und sagt: *»Excusez.«*

»Da hat sich das eine aus dem anderen ergeben«, sage ich.

Das entspricht mehr oder weniger der Wahrheit.

Nach meinem Handelsstudium, für das ich mich entschied, weil sich meine beiden besten Freunde aus der Abiturklasse dafür entschieden, schien eine Funktion im Verkauf der einzig logische nächste Schritt zu sein. Ich bewarb mich mit meinem CV bei Online-Jobbörsen und wurde täglich von Headhuntern angerufen, immer wegen derselben Sorte Stellen.

Aus Pflichtbewusstsein ging ich zu diesem und jenem Vorstellungsgespräch. Eines Samstagvormittags landete ich verkatert bei einem Recruiting von Dell – und wurde genommen. Drei Jahre lang verkaufte ich dann aus einer anderthalb mal anderthalb Meter messenden Kabine PCs und Zubehör. Fiel mir so leicht, dass ich nebenher problemlos saufen konnte, das war quasi mein Abendjob. Als ich die Sache leid war, hab ich ein paar Jahre für verschiedene Internet- und TV-Provider gearbeitet. Ich hatte einen *Store in Store* in Filialen großer Elektronikmärkte und schloss *All-in-One-Abos* ab. Bis ich mich eines Morgens selbst dastehen sah, einen Fast-Vierziger mit Schlüsselband um den Hals und Verkaufsslogan auf dem Rücken seines Poloshirts.

Ein ehemaliger Kollege, mit dem ich mich noch hin und wieder austauschte, hatte damals gerade mit Büromöbeln angefangen.

Und so stehe ich jetzt hier. So simpel kann es sein.

Ich versuche, van Peursems Bemühen um Blickkontakt abzublocken. Kollegen stehen, Kaffeetassen mit Restaurantlogo in der Hand, zusammen und unterhalten sich. Timo scheint sich noch nicht davon erholt zu haben, dass er nicht die Regie hatte.

»Das Problem ist«, sage ich, weil van Peursem auf weitere Ausführungen zu warten scheint, »dass es mir zu leicht fällt.«

»Das *Problem*?«

»Ich denke, nicht jedem macht diese Arbeit wirklich Freude.«

Er macht die nächste übertriebene Gebärde. Als spielten wir Pantomime und er müsse »Ich bin baff« darstellen. Damit das nicht ausufert, sage ich: »Ich glaube, den meisten macht vor allem Freude, dass sie dreimal im Jahr Urlaub nehmen können.«

Van Peursem weiß kurz nicht, was er sagen soll.

Es hat eine Zeit gegeben, da ich mir selber einredete, dass ich das wollte. Verkaufen. Ich sagte mir: Ich verfüge über Menschenkenntnis. Ich sagte mir: Ich bin sozial und mag es, mit den verschiedensten Menschen in Kontakt zu kommen. Ich sagte mir: Ich bin selbstkritisch, akkurat und geradlinig.

Der Headhunter, der mich zu Dell schickte, riet mir, schon beim Vorstellungsgespräch ausdrücklich zu fragen, was ich verdienen würde. Denn dann, sagte er, wissen sie gleich, dass du an Geld interessiert bist, und solche Leute sind gute Verkäufer. Also tat ich das. Und dieser Typ sagte: »Gut, dass du fragst. Das wären 2600 Euro im Monat, und dazu kämen die Boni, wenn du deine Targets erreichst.«

Es wirkte. Am gleichen Nachmittag erhielt ich den Anruf, dass man mich einstellen wolle.

Das Gehalt stieg in den Jahren danach, die Boni

auch. Mit jeder neuen Stelle ging ein kräftiger Gehaltszuwachs einher.

Ich habe Sachen gemacht, auf die ich nicht stolz bin, aber es war manchmal so einfach. Ältere Frauen, die wegen eines neuen Computers anriefen und dann vom Hölzchen aufs Stöckchen kamen, weil sie wissen wollten, was denn noch alles möglich wäre. Ich schlug eine größere Festplatte *für die Filme von den Enkelkindern* vor, einen schärferen Bildschirm, *denn Ihre Augen lassen vielleicht nach*, bessere Lautsprecher, *damit Sie schön mit der Familie im Ausland skypen können*, und einen Drucker *für die köstlichen Rezepte, auf die Sie stoßen*. Nach zwanzig Minuten stellte ich eine Rechnung über 2300 Euro auf, obwohl ich verdammt gut wusste, dass sie höchstens ein paarmal die Woche »Facebook« googeln würden.

In den Elektronikläden belog ich die Leute manchmal hinsichtlich der Geschäftsbedingungen oder der Geltungsdauer einer Preisreduzierung. Sagte, dass das Probe-Abo nicht automatisch in einen festen Vertrag münden würde. Ich flirtete mit Männern, und das nicht etwa, weil ich wirklich an ihnen interessiert war.

Auch heute noch wende ich die Tricks an. Es ist zur Gewohnheit geworden. Ich *höre* mich das Verkaufsgespräch gewinnen, kann dem lauschen wie einer Platte, die ich schon sehr oft aufgelegt habe. Jedes Gespräch ist ein Labyrinth, und jeder Einwand des Kunden schickt mich in eine andere Richtung. Aber ob links oder rechts, das macht immer weniger aus, denn ich kenne alle Wege zum Ausgang.

Monat für Monat legte ich Geld beiseite, sparte mir schnell was zusammen. Und als der Immobilienmarkt einbrach, kaufte ich das Strandhäuschen.

Aber das werde ich van Peursem nicht auf die Nase binden. Ich lasse ihn seine Seite der Dinge vertreten, dass es vor allem darum gehe, *mittels eines Verkaufsgesprächs zu klären, was der Kunde benötige,* und darauf *effektiv einzuwirken,* und genau *da* setze sein zertifiziertes FOCUS®-Modell an; ich ziehe die Brauen hoch und nicke, und dann klatscht er wie ein Schulmeister in die Hände, um uns zum Nachmittagsprogramm an die Tische zu dirigieren.

Am Ende des Nachmittags laufe ich am Strand entlang zu meinem Häuschen, während ich in Gedanken eine erhitzte Diskussion mit van Peursem glorreich gewinne.

Als ich fast da bin, hebe ich eine Plastiktüte auf. Das Albert-Heijn-Blau ist verschossen, und die

Tüte ist schwer, bis ich den verklumpten feuchten Sand herausschüttle.

Das Strandhaus hat ein Wohnzimmer mit Küchenzeile, Sitz- und Essecke, ein kleines Schlafzimmer mit einem Doppelbett, ein Badezimmer und eine überdachte Veranda mit Gartenmöbeln. Dank Solarzellen auf dem Dach ist es energieneutral. Eigentlich wollte ich es nach ein paar Jahren wieder verkaufen, aber es gewinnt stetig an Wert. Allein der Besitz bringt mir ein Vierteljahresgehalt extra ein.

In der Zeitung las ich vor ein paar Jahren von einer Site, über die Privatleute ihr Haus vermieten können. Ich meldete mich an und verlangte anfangs sechzig Euro pro Nacht. Als ich ein paar gute Bewertungen von Mietern hatte, kam jemand von der Site vorbei, um professionelle Fotos zu machen. Ich rutschte in der Liste der Suchergebnisse nach oben. Es folgten weitere Fünf-Sterne-Bewertungen. Alle rühmten die Lage, die moderne Einrichtung, den gefüllten Kühlschrank und das ungewöhnlich saubere Stückchen fast unberührten Strands vor der Veranda. Jahr für Jahr hob ich den Preis weiter an, und jetzt gehört es für 110 Euro pro Nacht ganz dir. Aber du musst schnell sein: In den Sommermonaten ist es meistens ausgebucht.

Als ich die Einladung zu dem Seminar erhielt,

sperrte ich das Haus auf der Site für zwei Nächte, damit ich selbst wieder mal dort schlafen konnte.

Anfangs fuhr ich an schönen Wochenenden oft mit dem Fahrrad hin, machte das Stück Strand in meinem Blickfeld sauber, setzte mich auf die Veranda und köpfte ein Fläschchen. Ich schaute stundenlang auf die Leute, die ihren Hund ausführten, auf die Sonnenanbeter, die betagteren Spaziergänger, die jungen Pärchen, die ein geschütztes Fleckchen in den Dünen suchten. Ich sah, wie sich Hunde fetzten, während ihre Herrchen panisch um sie herumsprangen wie Schiedsrichter bei einem Boxkampf, den sie nicht mehr unter Kontrolle haben. Ich sah, wie Mädchen im Bikini sich gegenseitig im Sand fotografierten, in der Pose von *Playmates*, eine Hand hinter dem Kopf, Blick in die Kamera. Likes aus der Brandung angeln.

Ich sah den Strand schmutziger werden und die Menschen gleichgültiger. Sie luden den Krebs auf ihre Haut ein und ließen Dosen und Plastik im Sand liegen, als sei die mutwillige Zerstörung alles Schönen ein Wettkampf, bei dem sich Körper und Landschaft in nichts nachstehen durften.

Ich sah die Sonne rotglühend untergehen.

Morgen Abend, wenn dieses Kasperletheater überstanden ist, kommen neue Mieter. Dann warte ich mit dem Schlüssel auf sie und radle danach zurück in die Stadt, wo ich mich mit Wes verabredet habe.

Wes. Am Anfang habe ich ihm jeden Tag gesagt, dass ich seinetwegen ein besserer Mensch sein wollte, und das sagte ich auch noch, als ich schon wieder auf bestem Wege war, das Ganze zu vermasseln.

Es ist noch hell, als ich zu Beginn des Abends meinen Laptop aufklappe. Ich logge mich bei der Webcam ein, die zu Hause im Dachzimmer hängt, und starre eine Weile auf die Modelleisenbahnlandschaft. Die machbare Welt. Die Bäume und Wiesen, das gepflegte Schienennetz, alles in Schuss oder zumindest zu reparieren. In anderen Tabs öffne ich meine angestammten Webshops.

Dann gehe ich an den Kühlschrank, um einfach mal eben zu gucken, wonach mir wäre.

Das Erste ist eine Befreiung. Der Fahrstuhl in eine andere Etage, das Eingangstor in einen Vergnügungspark nach stundenlangem Schlangestehen, das Lockern einer Krawatte, die zu lange zu fest um meinen Hals geknotet war.

Das Zweite ist das köstlichste von allen. Noch eine Etage höher, die Krawatte noch etwas lockerer, jetzt ohne das trübende Wölkchen schlechten Gewissens, das beim Ersten noch unter dem Kronenkorken aufstieg, als ich den Öffner angesetzt hatte.

Nach dem Fünften kommt das Gefühl auf, dass ich satt bin, doch dann beginnt auch das regelmäßige Pinkeln, so löst sich das also von selbst. Ich spüle meinen Körper durch und verabschiede mich von dem Blindgänger, der einen albernen Kurs besucht hat. Ich entsteige dem starren, eingerasteten Körper des Hornochsen, der, glaubt man den Worten desjenigen, der ihm morgen sagen wird, dass das nun wirklich seine letzte Chance war, *vergessen hat, was im Leben Freude macht.*

Ha! Schau mich jetzt an!

Das Sechste, Siebte und Achte bemerke ich gar nicht.

Das Neunte und Zehnte trinke ich am inzwischen leeren Strand. Danach gehe ich wieder rein, um dort den Überblick zu verlieren.

Das Letzte steht morgens auf den Fliesen neben der Couch, auf der ich um halb zehn wie aus tiefer Narkose erwache. Ich kippe die noch verbliebenen Schlucke runter und fühle einen zu ruhigen Herzschlag, der sich in meinen Kopf verlagert, als ich mich unter die Dusche stelle, wo der Dampf das Atmen noch schwerer macht.

*

Es hat lange gedauert, bis ich mir eingestand, dass ich Alkoholiker bin.

Ich zog es vor, das mit dem Ulk abzutun, ich sei in erster Linie Märkliniker. Und erklärte schnell, um den anderen Gesprächsgegenstand zu umgehen, was darunter zu verstehen ist: dass alle meine Loks, Waggons, Schienen und Accessoires von dem 1859 gegründeten deutschen Modellbahnhersteller sein und zum 1935 ebenfalls von Märklin eingeführten H0-Maßstab (1:87) passen müssen. Wenn du also an meinem Geburtstag mit einem viertürigen Philotrain-Gepäckwagen aus Stahl vor meiner Tür stehst, kann ich nur von Herzen hoffen, dass du den Kassenbon aufbewahrt hast.

Ich bin Aktivist. Vielleicht bin ich der Einzige, der das so sieht, aber das macht es nicht weniger wahr. Jeden Tag notiere ich die in De Bilt gemessene Durchschnittstemperatur und berechne das aktuelle Jahresmittel. Es ist dir wahrscheinlich völlig schnurz, weil es dein Leben noch nicht merklich verschlechtert hat, weil du nun mal so gern Tiere essen und mit dem Auto zur Arbeit fahren willst oder weil du es so schön bequem findest, weiterhin zu ignorieren, was dir insgeheim sonnenklar ist, aber seit 2014 war jedes Jahr das wärmste seit Beginn der Messungen 1851. Weltweit. Wir gehen daran zugrunde. Unerklärlicherweise bin ich fest davon überzeugt, das steuern zu können, wenn ich diese Durchschnittswerte im Auge behalte. Deshalb schreibe ich sie auf. Keine Sorge: Die Sinnlosigkeit meiner Exerzitien ist mir völlig klar. Du bist herzlich aufgefordert, mit einem besseren Vorschlag zu kommen.

Aber gut. Ich bin Alkoholiker. Ich bin also auch Alkoholiker.

Ich kann nicht mehr sagen, dass ich einen opulenten Lebensstil pflege. Jemand bin, der was davon versteht, das Leben zu genießen. Ich kann mich nicht zu befreundeten Trinkern auf der Kneipenterrasse gesellen, um dann die Kellnerin immer wieder neckisch aufzufordern, eine neue Runde zu bringen, weil das Bier »so schnell verdunstet«.

Ich befinde mich in der Defensive. Bei Tagesbeginn bin ich im Rückstand, und ich muss trinken, um noch zu mir aufschließen zu können.

»Nathan, du bist Alkoholiker.« Ich brauchte Wes, um das nackt und hart beim Namen zu nennen, der als Einziger zumindest noch so tat, als liege ihm etwas an mir, aber ich wedelte seine Bedenken weg wie lästige Wespen, und er ließ mich in Ruhe, anders wollte ich es ja nicht. Und wenn ich es heute Abend noch mal vergeige, was mir angesichts meines *Track Records* kaum schwerfallen dürfte, ist es endgültig zu spät.

Der zweite Kurstag beginnt erst um halb zwölf, ich habe also noch Zeit. Die anderen müssen von weiter her kommen, sie treffen sich beim Büro, bilden von dort aus Fahrgemeinschaften, rauchen erst noch eine. Was weiß ich.

Die Verkaufstipps von gestern stoßen mir auf wie schlecht verdautes Essen vom Vortag. Die Eliminierungstechnik, der Bumerang, der Halbnelson. Dreimal nein heißt nein. Heute Abend die neuen Gäste. Ich nehme mein Handy vom Couchtisch und schau noch mal nach, was bei der Buchung vereinbart wurde. Ankunft am frühen Abend. Sie rufen noch an, steht da.

Ich öffne meine Mails und sehe, dass ich um 0:52 Uhr Modelleisenbahnen für 835,90 Euro bestellt habe und eine Viertelstunde später noch eine Oberleitung, einen Bahnhofsvorsteher (mit Antrieb) und eine Kuh (ebenfalls mit Antrieb) für 152,95 Euro.

Ich räume das Haus für die Gäste von heute Abend auf und lese dann auf der Couch die Wettervorhersagen, bis ich mir sicher sein kann, nicht als Erster da zu sein. Um fünf nach halb zwölf gehe ich auf dem Strand nach rechts. Zwanzig Minuten später laufe ich die Holztreppe nach oben. Der Seewind schleift die schärfsten Kanten meines Katers ab. Kollegen kommen gerade angefahren und stellen ihren Wagen auf dem fast leeren Parkplatz ab. Sie sind jung und gehören zu denen, für die das Verkaufen nur ein Nebenjob ist, sie haben einen Ball dabei, den sie sich ein paarmal zukicken, sie lachen, denn ihnen kann keiner was, nächstes Jahr sind sie fertig mit ihrem Studium, und dann sind sie weg, Richtung echter Beruf und Dance Festivals in der Hauptstadt, wo vier Stunden lang ein und dasselbe Stück dröhnt und Drogen den Alkohol überflüssig machen, und umweltschädigenden Flugreisen nach Thailand, während sie uns hinter sich lassen, allerhöchstens noch Facebook-Freunde, denen sie nie mehr ein Like gönnen, weil wir für sie Erinnerung an etwas sind, was unter ihrer Würde war.

Ich gehe rein, an den Seekisten entlang, die dem Restaurant eine authentische Ausstrahlung verleihen sollen. Die Ich-Erzählungen von van Peursem bilden den Mittelpunkt eines Kaffeekränzchens im Stehen. Nadja spült die geleerten Tassen ab. Ich setze mich in den Halbkreis.

Der zweite Tag gleicht dem ersten. Die herausfordernde Kohlmeise im Heidegras, die Sonne am Fenster und mein blöder schwerer Kopf. Ein Unterschied besteht darin, dass die Temperatur sich heute auf die zwanzig Grad zubewegt, und das ist keine gute Nachricht, denn damit übersteigt der vorläufige monatliche Mittelwert den vom Mai des Rekordjahres 2014. Anders ist auch, dass sich meine Lust auf ein Bier später einstellt. Aber sie ist da, zum ersten Mal nach dem Mittagessen und danach stetig zunehmend.

Ich habe den Eindruck, dass van Peursem mich nach unserem gestrigen Gespräch auf dem Kieker hat. Er will mich testen.

Ich werde das auf Autopilot aussitzen und mich für seine Theaterstückchen hergeben. Nur in Gedanken verpasse ich ihm, als er sich direkt vor meinem Stuhl bückt, um seinen Stift aufzuheben, einen Kniestoß, *wamm!*, mitten auf die Nase.

Doch mein Widerstreben wächst und wächst, je mehr ich den Kater abschüttle und an Tatkraft gewinne, und ich weiß nicht, wie lange ich noch an mich halten kann.

Am Ende des Nachmittags stellt er einen freien Tisch in die Mitte unseres Halbkreises. »Woll'n wir doch mal sehen, ob ich euch etwas beibringen konnte«, sagt er keuchend und ächzend, während er zwei Stühle an den Tisch trägt.

Er setzt sich auf den einen und bietet mir den anderen an.

»Nathan.«

Ich stehe auf und setze mich ihm gegenüber. Mit dem Rücken zum Fenster, ohne Blick auf die

Außenwelt. Ich sehe nur die unermessliche Tiefe des Restaurants und, als ich diesen Unternehmenscoach anvisiere, dessen humorlose, zerbeulte Fratze, rieche dessen Atem und denke: Das *kann* nicht das sein, was du werden wolltest, als du klein warst.

Aber dann dreht sich das Ganze wie von selbst um, dass mir ganz schwindlig wird, und ich sehe ihn dasselbe denken. Ich sehe es wirklich, ich bin mir ganz sicher. Nein, mein freundlicher Freund, das kann nicht das sein, was *du* werden wolltest, als du klein warst.

Er schweigt eine ganze Weile. Kollegen scharren mit ihren Stühlen.

Dann geht es los. Ich spiele einen Autoverkäufer, und er ist sich unschlüssig über einen silberfarbenen Renault Mégane. Er sagt: »Meine Frau hat was gegen diese Sportwagenscheinwerfer.«

Und ich pariere. Ich spiele meine Rolle. Ich kann das, wenn ich durchhalte. Ich sage: »Meinen Sie nicht, dass Ihre Frau aber beglückt sein wird, wie viel Platz man hinten drin hat? Die Scheinwerfer, ach, die hat sie nach einer Woche vergessen. Sie beide, die Kinder *und* alles, was man für einen Tag am Strand braucht, passt hier mit Leichtigkeit rein, und daran werden Sie noch lange Ihre Freude haben.«

Doch es tut weh, das tun zu müssen. Das ist Verrat.

»Er ist aber schon teuer.«

Na los, du Arschloch. Das Öl tropft, halt das Feuerzeug dran.

Ich presse es heraus: »In dieser Preisklasse finden Sie keine bessere Alternative, das versichere ich Ihnen.«

»Ja, aber vierundzwanzigtausend Euro! Nein, das übersteigt wirklich mein Budget. Ich schaue mich noch mal woanders um.«

Er tut so, als wollte er sich erheben.

»Er kostet, was er kostet.«

Stille. Wer bisher lustlos in seiner Mappe geblättert hat, hebt jetzt den Kopf.

Während sich van Peursem wieder auf seinen Stuhl sinken lässt, wiederholt er meinen letzten Satz und schüttelt langsam den Kopf. Dann dreht er sich zu den anderen um. Er zeigt auf mich, als wär ich ein Film von einem Verkehrsunglück.

»Wo läuft es hier schief?«

Ich seufze hörbar, und er wendet sich wieder mir zu.

»Na? Was machst du falsch?«

»Du willst die Karre doch nicht, oder?«

»Erst dreimal nein ist nein.«

»Da wird sich deine Frau bedanken.«

»Bitte?«

»Das ist …« Ich suche nach den richtigen Worten, mit denen ich ihn in die Enge treiben oder ihm wenigstens zu verstehen geben kann, dass ich ihm die Pest an den Hals wünsche, aber ich kriege nichts raus. Ich komme mir auf diesem Stuhl plötzlich ausgesprochen bescheuert vor und stehe deshalb auf. Mir wird erneut schwindlig. Es ist mucksmäuschenstill, während ich lange brauche, um mein Gleichgewicht wiederzufinden. Van Peursem steht mit verschränkten Armen da und schaut zu. Dann beginnt die Kaffeemaschine in der kleinen Küche, sich selbst zu reinigen, und ich konzentriere mich auf die Geräusche, um zu mir zu kommen. Noch immer weiß ich nicht, was ich machen soll. Schließlich stoße ich den Stuhl weg, dass die Beine über den Boden schrappen, und gehe.

Van Peursem ruft mir nicht nach, und der verdatterten Stille hinter mir entnehme ich, dass das zweitägige Seminar über Beeinflussungstechniken nach dem zertifizierten FOCUS®-Modell wohl so langsam seinem Ende entgegengeht.

Draußen ist die Luft lauwarm. Der salzige Wind heftet sich im Vorbeistreichen an meine Haut und beißt sachte in sie hinein. Das Meer ist mein Löschwasser. Es ist Viertel nach vier. Auf dem Rückweg zum Strandhaus hebe ich eine leere Chipstüte auf. Ich zerknülle sie in der linken Faust und knete sie wie einen Anti-Stress-Ball.

Und ich denke noch: Fang jetzt nicht an zu trinken.

Am Ende des Nachmittags gehe ich eine Runde am Strand entlang. Die Luft ist linder geworden. Ich setze das Fläschchen Heineken an die Lippen. In der Ferne lassen zwei Jungen einen Drachen steigen. Er bäumt und wiegt sich im Wind, taucht wie eine Schwalbe herab und steigt wieder auf. Weiterhin: ein Holzzaun, halb unter dem Sand begraben. Eine Spur von Hundepfoten, die sich verspielt von links nach rechts über den Teil des Strandes erstreckt, den sich Ebbe und Flut abwechselnd zum Geschenk machen. Die Sonne verschwindet, und ihr Licht ist auch schon schwächer, als wollte sie sagen: Recht hast du, ich hab's hier auch ziemlich satt.

Am frühen Abend, hatten sie gesagt. Ich schaue noch mal auf mein Handy, lese, was wir bei der Buchung besprochen haben.

Aber es ist niemand da.

Ich mache noch ein Heineken auf und dann noch eines und versende Mitteilungen, auf die keine Antwort kommt.

Bis zehn Uhr abends stehe ich auf der Veranda und blicke über den Strand. Ich sehe die Hundeausführer, die Pärchen, die Jogger, aber niemanden, dessen Körpersprache mir sagt, dass er nach einem Strandhäuschen sucht.

Dass sie mich versetzt haben, wirft mir den Abend durcheinander. Sabotage.

Ich bleibe, beschließe ich, ich bleibe hier. Es geht nicht anders.

Die plötzliche Freiheit, der gewonnene Abend lösen meinen Kopf. Welche Möglichkeiten! Ich begieße das mit dem letzten Hoegaarden.

Um Mitternacht ist mein Übermut verpufft. Ich notiere die Tagestemperatur, 16,8 Grad Celsius, und berechne auf meinem Handy das neue apokalyptische Jahresmittel. Ich tue alles dafür, das Hochgefühl vom früheren Abend wiederzubeleben oder zumindest einigermaßen bei Laune zu bleiben, und solange ich zügig weitertrinke, gelingt mir das eigentlich noch ganz gut.

Ich schlendere zum Wasser hinunter. Ein Stück weiter weg wird ein Schäferhund mit donnernder Stimme zur Räson gerufen, ansonsten ist der Strand wie ausgestorben. Ich gähne, ziehe das bewusst in die Länge, um währenddessen meine Lunge mit Seeluft zu füllen, und trinke danach ein paar kräftige Schlucke, denn von all dem Salz kriegt man Durst.

Dann entdecke ich die Sandburg. Zwanzig, dreißig Meter weiter, halb in der Brandung: ein runder

Turm in der Mitte, in dessen Wände Muscheln gedrückt sind, um ihn herum vier Mauern mit einer Zinne auf jeder Ecke und darum herum ein breiter Graben.

Im Mondschein steigt der Wasserspiegel, und es wird kälter. Der Ausläufer einer Welle kriecht über meine Zehen, und beim Blick nach unten sehe ich, dass die Flut nahe daran ist, in die Burg einzudringen. Das Wasser strömt in den Graben und zieht sich dann wieder zurück, als habe es nur einschätzen wollen, wie sehr das Ziel geschwächt ist, ehe es zum nächsten Angriff ansetzt.

Ich gehe in die Hocke und stelle mein Bier ab. Schaue mir eine Zeitlang die unablässigen Staatsstreiche an. Zweimal ist der Turm kurz davor zusammenzusacken.

Außer mir ist niemand mehr da. Papierdrachen irgendwo im Schuppen, Hunde erschöpft in ihrem Korb, Kinder im Bett, Pärchen im Schlafzimmer, wo das Mädchen sich den Sand aus der Unterhose klopft und sagt: »Das machen wir nicht noch mal.«

Immer ruppigere Wellen rollen auf den Strand.

Ich laufe zu den Dünen hinüber, die durch eine lange Reihe Laternenpfähle markiert sind, dahinter die Häuser, Hotels und Restaurants und die Scheinwerfer letzter Autos, die erwachen und sich in Bewegung setzen. Im Gras, wo der Strand in die

Dünen übergeht, liegen die größeren Steine. Ich sammle so viele auf, wie ich tragen kann, und laufe gebückt ans Wasser zurück. Dort schichte ich sie zwischen Sandburg und Brandungsgrenze auf.

Die zweite Ladung Steine packe ich in mein Shirt, das ich nach vorn ziehe und wie eine Hängematte benutze, damit ich mehr tragen kann.

Noch ein drittes Mal laufe ich hin und her und habe dann, glaube ich, genügend zusammen.

Ich schichte die Steine in V-Form auf, mit der Spitze zum Wasser und der Burg auf der anderen Seite. Da und dort dringt ein kleines Rinnsal unter den Steinen hindurch, aber dagegen ist nichts einzuwenden, solange die destruktive Wucht gebrochen, die Aggression abgefedert ist.

Ich setze mich daneben, etwas außer Reichweite des Wassers, nehme mein Bier wieder aus dem Sand und betrachte meine Burg.

Sie ist halb eingestürzt, aber das, was stand, bevor ich mit dem Dammbau begann, steht immer noch.

*

In dieser Nacht werde ich mehrere Male wach. Jedes Mal stehe ich auf, gehe aufs Klo, trinke ein paar Schlucke aus dem Wasserhahn und lege mich wieder hin, während mich bei all diesen Handlungen der Gedanke beschleicht, dass ich etwas Bedeutsames geträumt habe: Ich wurde schwer krank oder traf jemanden von früher wieder oder hatte etwas Wichtiges vergessen. Aber ich kann mir nie vergegenwärtigen, was es nun genau war.

Um zehn Uhr liege ich immer noch im Bett, obwohl es schon seit ein paar Stunden viel zu warm unter der Decke ist. Zu guter Letzt raffe ich mich dann doch auf, mit kochendem Schweiß auf der Stirn und in den Händen. Mir wird übel, als ich mich bücke, um die Jeans von gestern wieder anzuziehen.

Ich bin in einen nicht mehr aufzuholenden Rückstand geraten.

Um Viertel nach zwölf öffne ich eine Literflasche La Chouffe, die ich binnen zwanzig Minuten leere, weil es jammerschade wäre, wenn dieses Bier zu warm wird.

Der Webshop mailt, dass die E186 nicht mehr lieferbar ist. Meine Zugflotte wird unvollständig bleiben, auch in meinem Dachzimmer wird immer mehr kaputtgehen, den Dienst verweigern, umfallen, unter Wasser stehen, es wird Kurzschlüsse geben, und alles wird verschmoren.

Wir gehen alle vor die Hunde.

Ich döse auf der Couch ein, während im Hintergrund zu hören ist, dass sich der Strand füllt, und werde wach, weil ich mein Handy irgendwo unter mir vibrieren fühle. Ich finde es im Spalt zwischen den Sitzpolstern.

Es ist Wes.

Er sendet mir nichts als ein Fragezeichen.

Ich scrolle nach oben und lese die Mitteilungen, die davor eingegangen sind.

Wesley (22:05 Uhr): *Du hast mich wieder hängenlassen*

Nathan (1:16 Uhr): *Ich habe eine Sandburg vor dem Untergang gerettet*

Nathan (1:17 Uhr): *Nach einem Scheißtag für den Job*

Nathan (1:35 Uhr): *Ich hab also nicht völlig vergessen, was am Leben schön ist*

Wesley (14:10 Uhr): ?

Ich schaue noch eine Weile von der Couch aus auf den Strand und versuche in der Landschaft aus Badehandtüchern, Sonnenschirmen und Körperteilen jemanden zu entdecken, der etwas trinkt, und als mir das gelungen ist – es ist ein großer Mann mit einem Fläschchen Heineken –, trinke ich eins mit ihm zusammen und danach noch ein paar.

In meinem Tag tun sich mehrstündige Lücken auf. Es ist jetzt Abend. Benommen und mit verlangsamtem Herzschlag suche ich das Badezimmer.

Ich stelle mich unter die Dusche, aber schon nach einer Minute lasse ich meine Flasche fallen, sie zerspringt mit hallendem Geklirr, die größeren grünen Glasstücke flutschen auf alle Seiten der Duschwanne, und eh ich mich's versehe, bin ich in eine der Scherben getreten. Aus dem Schnitt in meiner Fußsohle, direkt unterhalb der großen Zehe, fließt verdünntes Blut. Es vermengt sich mit dem Duschwasser und strömt Richtung Ausfluss.

Ich presse die Hand auf die Wunde.

Es hört nicht auf zu bluten.

Noch schwindliger.

Ich höre etwas. Es klingt, als sei jemand an der Tür.

Issam

RUHET SANFT, WACKERE STREITER

Gepostet vor 1 Jahr von THE1ISSAM

Man hat mir heute den Laptop geklaut. Darauf war ich in meinem »Football Manager« 2013 im Jahr 2051.

Ich war den meisten meiner Spieler näher als irgendwem im realen Leben. Ich hatte so viel Zeit in die Zukunft meiner Mannschaft gesteckt, und jetzt gibt es diese Zukunft nicht mehr.

Also ade, Freunde.

Johnny Leclerq, mein treuer Keeper.

Margaritis Koukos, du genial verrückter Außenverteidiger.

Antonin Gasnier, ach, du mein Kapitän! Einen Abwehrchef wie dich wird die Welt nie mehr sehen. Du hast uns wie ein Bollwerk abgesichert und mit deinen Kopfbällen Siege beschert.

José Ramón Muñoz, ich habe ein Vermögen für dich ausgegeben, aber du warst es wert. Auf dich war Verlass, vom ersten Spiel und der ersten Minute an.

Araxá, deine weiten Einwürfe waren unsere Geheimwaffe.

Hamza Hajji, mein Spielmacher. Das Mittelfeld war ganz dein. Wir haben zusammen so viele Titel geholt.

Vincent Rutten, mein Freund, mein fliegender Holländer.

Mariano Rubinich, du warst der Beste, den ich je hatte. Ohne dich verließ uns der Mut. Deine Freistöße, deine Vorlagen, deine Tore – das brachte uns so viel. Weltfußballer 2047 und 2049. Und es steckte noch so viel mehr in dir. Es tut mir leid, dass du das nun nie mehr beweisen kannst.

German Tolosa, dein Dribbling und deine Schnelligkeit beflügelten unsere Taktik. Du warst dabei, seit du 17 warst. Jetzt warst du 35, aber immer noch stark.

Alen Alibabic, mein jüngster Schützling. Du warst noch ein Teenager, aber getroffen hast du mit links genauso gut wie mit rechts.

Jeffrey van de Meulenhof, du kamst frisch vom Nachwuchsleistungszentrum. Eine Woche später hast du zum ersten Mal für uns auf dem Platz gestanden. Und von da an immer. Mein Topscorer, mein Rekordschütze.

Und all die anderen Jungs, die mir so viel Freude bereitet haben. Ich hatte einfach das Gefühl, dass dies der angemessenste Abschied von euch wäre.

Ade.

ASMATTI *vor 1 Jahr*

Das haut rein, Kumpel. Ich kann dich verstehen. Ich würd gern mehr von deinem *Record* hören. Persönlich, wenn dir danach ist.

*

Flip spielt die ersten vier Akkorde, als wollte er sie von seiner Gitarre fegen, lässt die Saiten unter seinen Fingern weitervibrieren und reckt dann die Hand in die Luft. Er gibt ihnen Zeit. Aber es dauert nicht mehr als eine Sekunde, bis das Publikum das Stück erkannt hat. Der Mix aus Jubel und Applaus brandet von vorn nach hinten. Hände gehen in die Höhe. Jasper nimmt die halbleere Flasche Weißwein vom Schlagzeugpodium und setzt sie an die Lippen.

Flip beugt sich zum Mikrophon, wartet, bis er den Tumult wieder übertönen kann, und sagt dann: »Ihr wart Spitze. Hier kommt unsere letzte Nummer. Hier kommt *Black Feathers.*«

Wieder branden Jubel und Applaus durch den Saal. Höher und immer höher. Lauter und immer lauter. Ein einziges Donnern und Kreischen. Die Bühne vibriert.

*

Ein Roadie macht seinen Job am besten, wenn er gar nicht bemerkt wird.

Du siehst mich nicht, wenn ich unser Set bei einem Festival in Warschau aufbaue (ich vermute, dass es Warschau ist), wo ich die Sprache nicht beherrsche und niemanden anspreche, weil ich weiß, was ich zu tun habe, denn es ist exakt das Gleiche wie vorgestern in Budapest und nächste Woche in Kopenhagen. Du läufst auf der anderen Seite der Bühnengitter rum, guckst in dein Programmheft, was in einer Stunde anfängt, und fragst dich nicht, wie die ganzen Sachen da hinkommen.

Du siehst mich nicht, wenn ich die sechs Flightcases durch den Hintereingang zu einer Popbühne rolle, weil du da noch im Straßencafé sitzt. Du siehst nicht, dass ich diese Kisten im Saal parke wie in einem leibhaftigen *Tetris*-Spiel, und du verschwendest keinen Gedanken daran, dass sie nach dem Ausladen unter der Bühne verschwinden. Du siehst mich nicht, wenn ich, anderthalb Stunden bevor die Tore geöffnet werden, in den leeren Saal schaue, in dem du später stehen wirst.

Du siehst mich nicht mal, wenn du schon drinnen bist. Da holst du Bier, in Bechern, die beim Runterfallen nicht kaputtgehen können, und schaust suchend über die Köpfe hinweg, wo deine Freunde denn noch stehen. Du siehst mich nicht die Kabel einstöpseln, nicht die Gitarren stimmen, nicht die Mikrophonständer umstellen.

Du siehst und hörst mich nicht, wenn ich die Mikrophone teste. *One, two, three, test.* Du schaust einfach nicht zu mir rauf.

Du siehst mich nicht mal, wenn ich nach dem Konzert die Setlist abziehe, die mit Tape auf den Bühnenboden geklebt war, obwohl du da stehen geblieben bist, als hätte sich die Band etwas von dir geborgt, das du jetzt gern zurückhättest. Du fragst, ob du die Setlist haben darfst, und ich sehe, wie glücklich dich diese kleine Liste Songtitel macht. Aber mich siehst du nicht.

Du siehst mich nicht unter den Bandmitgliedern, die um fünf Uhr nachts auf meine Schultern gestützt aus der Kneipe und durch die Straßen einer wieder anderen Stadt torkeln, wenn ich als der einzige Nüchterne die Übrigen zum Hotel geleite, deren Schlüsselkarten vor die Scanner der Zimmertüren halte und danach selbst ins Bett gehe. Am nächsten Tag erzählen sie mir starke Geschichten, als wäre ich nicht dabei gewesen. Und auch das siehst du nicht.

Das einzige Mal, dass ich einen Fehler gemacht habe, war in dem schwierigen zweiten Jahr der Band. Der Auftritt an dem Abend war nicht gut gelaufen. Als wir hinterher backstage zusammensaßen, griff ich einfach zu Flips Gitarre. Ich weiß selber nicht, was mich da geritten hat. Vielleicht wollte ich einfach irgendwas machen, was ganz easy rüberkam und zu verstehen gab, dass ich dazugehörte. Dass ich einer von ihnen war. Ich fasste die Gitarre beim Hals und hob sie aus dem Ständer. Fing nur ganz kurz an zu spielen.

Flip sprang sofort auf und packte mich beim Oberarm.

»Was fällt dir ein?«, sagte er scharf.

Ich ließ los. Das Griffbrett rutschte mir durch die Finger. Die Saiten jaulten empört auf, als die Gitarre mit der Decke auf den Boden knallte.

»Lass deine Griffel von meiner Gitarre, verdammt!«

Ich hatte nicht viel dazu zu sagen. Ich wusste gleich, dass ich es vermasselt hatte. Jetzt schicken sie mich weg, war ich überzeugt, und ich brauche nie mehr wiederzukommen.

Die anderen saßen um mich herum und sahen es.

Ich stammelte: »Sorry.«

Mit einem Schubs ließ Flip mich wieder los. Ich musste einen Schritt nach hinten machen, um nicht zu fallen, und stolperte dabei fast über die rote Getränkekühlbox. Erst als ich das Gleichgewicht wiedergefunden hatte, merkte ich, wie ich da stand. Wie tolpatschig das aussehen musste.

Bis ich mitbekam, dass Flip mit Wannes schon wieder über was anderes redete. Die Blicke waren nicht mehr auf mich gerichtet. Ich machte noch einen Schritt nach hinten, über die Kühlbox drüber, und verzog mich.

An diesem Abend wartete ich in meinem Hotelzimmer mit dem Laptop auf dem Schoß darauf, dass Flip oder Jasper an die Tür klopfen würde, um mir zu sagen, dass es damit, leider, sorry, aber es lässt sich nicht ändern, aus und vorbei sei. Doch das geschah nicht, und am nächsten Tag schienen alle den Vorfall vergessen zu haben.

Ein paar Wochen lang fragte ich jedes Mal zaghaft um Erlaubnis, wenn ich eines der Instrumente stimmen musste, bis mir alle Bandmitglieder deutlich gemacht hatten, dass ich sie nicht mit so was nerven sollte. Da war dann alles beim Alten, und ich wurde wieder etwas unsichtbarer, bis ich mich schon fast fragte, ob sie überhaupt noch wussten, wie ich heiße.

Die Erste, die von sich aus danach fragte, einen Tag nach der Geschichte mit der Gitarre, war Julie. Sie war gerade neu dabei.

»Wie heißt du eigentlich?«, fragte sie in flämischem Singsang. Wir waren irgendwo backstage, und ich wollte mich zuerst umgucken, wen sie denn meinte.

»Issam«, sagte ich dann.

Noch immer mit diesem unerträglichen Zweifel. Mann, sie meint gar nicht dich.

»Issam«, wiederholte sie und ließ sich meinen Namen auf der Zunge zergehen.

Dann kam Flip rein, und unsere Unterhaltung war beendet.

Nachts im Hotelzimmer pfeifen mir in der Stille immer die Ohren. Ich hoffe, den anderen geht es genauso, gefragt hab ich sie nie. Wenn ich wieder zu Hause bin, sagt meine Mutter: Das hast du dir wohl selbst eingebrockt, Junge, denn du stehst ja fünf Abende die Woche zwei Meter von einer Rockband entfernt. Sie sagt das öfter, dass ich mir irgendwas selbst eingebrockt habe.

Früher hab ich mit allem zu spät angefangen. Ich gab Tests erst ab, wenn der Lehrer längst »Stifte hinlegen« gesagt hatte, möglichst leise und mit gesenktem Blick, damit ich ohne Verweis davonkam.

Ich tat mich in der Schule nicht hervor, meldete mich selten und schrieb meine Referate in der Nacht, bevor ich sie halten musste.

Mit fünfzehn schickte meine Mutter mich zum Fußball. Aber da hatten sich schon Grüppchen gebildet, und die hatten schon ihre eigene Geheimsprache, ihre festen Treffs, samstags acht Uhr bei Tom, ihre eigenen Späße. Ich war der Außenseiter, der immer etwas häufiger die Ersatzbank drückte und der in Unterhose duschte.

Nach der weiterführenden Schule war ich mir zu lange unschlüssig, ob ich studieren sollte, und erst gegen Ende August entschied ich mich schließlich für Veranstaltungstechnik. Aber das gefiel mir einfach nicht. Im Februar brach ich es ab, da brauchte ich mein Studiengeld nicht zurückzuzahlen.

Ich war neunzehn. Ein ganzes Frühjahr und einen ganzen Sommer lang blieb ich zu Hause hocken, was aber nicht weiter schlimm war, weil so ungefähr das ganze Land pausenlos frei hatte oder im Urlaub war und man meinen konnte, mir stünde das genauso zu wie allen anderen.

Im Herbst wurde es langsam schwierig. Ich bewarb mich zwei- oder dreimal, wurde aber nicht zu einem Vorstellungsgespräch eingeladen und war nicht scharf auf weitere Absagen. Ich hörte Musik und ging hin und wieder zu einem Konzert, immer allein. Bei jedem Mädchen, das sich zufällig neben mich stellte, geriet ich ins Träumen. Dass sie mich anlächeln würde. Auch allein? Ja, keiner von meinen Freunden rafft, was ich daran so gut finde. Bei mir genauso! Anschließend würden wir in einer Kneipe in der Nähe stundenlang quatschen und am Ende unsere Telefonnummern austauschen.

Aber tatsächlich sagte ich keinen Ton, wenn sich mal ein Mädchen mit dicken schwarzen oder goldbraunen Locken neben mich stellte, sah sie nicht mal an. Nach dem Konzert lief ich geradewegs zur Garderobe, wo ich mich dann nach ihr umsah, ob sie mir nicht von sich aus hinterhergekommen war und sagen würde: He, du warst so schnell weg, ich wollte dich noch ansprechen. Ich wartete immer ein paar Minuten, bevor ich dann wieder allein nach Hause ging.

Ich saß auf dem Sofa und überlegte, ob ich meinen Vater anrufen sollte. Meistens ging er nicht ran. Dann nahm ich mir vor, ein paar Stunden zu warten und es noch einmal zu versuchen, aber das vergaß ich dann immer.

Ich machte das Abendessen, wenn meine Mutter mich darum bat. Wir saßen uns beim Essen schweigend gegenüber, oder sie kam überhaupt nicht. Dann aß ich allein und tat die andere Portion ins Gefrierfach, für ein nächstes Abendessen ohne sie.

Anfang Dezember rief mich jemand an, den ich im Studium kennengelernt hatte. Er hatte noch meine Nummer, weil wir zusammen in einer Arbeitsgruppe gewesen waren. Er sagte: »Hör mal, Freunde von mir haben eine Band, und mit der geht's ziemlich steil bergauf.« So drückte er sich aus: ziemlich steil bergauf. »Sie haben seit vorigen Monat einen Plattenvertrag. Und jetzt touren sie über flämische Popbühnen.«

»Flämische?«

»Ja, die kommen aus Flandern.«

»Wieso erzählst du mir das?«

»Sie brauchen einen Roadie. Also jemand, der das Equipment reinträgt und so. Alles bereitstellt, was sie brauchen. Die Instrumente stimmt. Du weißt schon. Jemand, der anschließend auch wieder alles zusammenräumt. Und da dachte ich an dich.«

»Wieso an mich?«

»Du bist doch einer, der was mit Musik hat, oder? Und du warst gut in so was. Hart arbeiten, nicht meckern. So jemand brauchen sie.«

Also stieg ich ein. Das ist jetzt zwei Jahre her.

Die Band nennt mich »Greenhorn«. Ist zwar immer noch besser als »dieser Marokkaner«, aber trotzdem unmöglich. Hab ich dem Bassisten zu verdanken, der beim Rumflachsen von »Roadie«

auf »Greenie« kam und daraus dann »Greenhorn« machte. Darüber kann er sich immer total beölen. Dass er selbst Bas heißt und den Bass spielt, ist offenbar noch keinem aufgefallen.

Es ging tatsächlich ganz schön steil bergauf. Das kann man wohl sagen. Zunächst änderte sich gleich dreimal innerhalb von vier Tagen der Name, aus Tonkov wurde Feiit, aus Feiit Lāmentors. Die erste Single, *Neighbours,* wurde gleich vom Radio aufgegriffen. Der Titel sagt dir jetzt wahrscheinlich nichts, aber du würdest den Song garantiert erkennen, wenn du ihn hörst. Eine Zeitlang, eigentlich bis *Black Feathers* diesen Platz einnahm, war er die feste letzte Nummer. Die, worauf die Leute warteten. Wenn die Band von der Bühne ging, klatschten und johlten die Zuschauer weiter und sagten zueinander: Es gibt bestimmt noch eine Zugabe, denn sie haben den einen Hit noch nicht gespielt.

Das erste Album, *Self-titled Debut,* kam im Frühjahr raus. Die Kritiken waren gut. Auch die zweite und die dritte Single wurden im Radio gespielt. Alles schien wie von selbst zu gehen: die Hits, die ausverkauften Auftritte, die Interviews von großen Zeitschriften.

Binnen acht Monaten schrieben Flip und Jasper zwischen den Konzertreisen das zweite Album, *Difficult Follow-up*. Es war ein totaler Flop. Keine

Hits, keine Sendezeit. Die Spannungen zwischen Jasper und Flip waren fast hörbar, wenn man die Scheibe auflegte.

Dazu kam noch, dass wir inzwischen Julie dabeihatten. Julie ist die Keyboarderin und Geigerin – und die einzige Frau in der Band. Sie war dazugeholt worden, um musikalisch, wie Jasper in einem Interview sagte, »auch noch andere Wege einschlagen zu können«. Aber für ihn und Flip war von da an nur noch ein Weg interessant: der in ihre Garderobe.

Es dauerte lange, bis es auch intern akzeptabel wurde, diese zweite Platte als schlichtweg misslungen zu bezeichnen. Das war die ganze Zeit ein heikles Thema. Sie wollten ihr neues Werk spielen. Die Songs »in die Finger kriegen«, wie Jasper sagte. Flip hatte überhaupt das ganze Debütalbum satt und weigerte sich, Abend für Abend »wie ein Zirkusaffe« die gleichen Mätzchen zu machen.

Das Publikum würde sich schon allmählich für die neuen Stücke erwärmen, sagten sie. Doch das Publikum wollte nur die Hits, die es schon kannte. Die Leute machten Gesichter, als würde auf der Bühne erklärt, wie man seine Buchhaltung auf die Reihe kriegt.

Zu der Zeit geriet sich jeder mit jedem in die Wolle. Julie blieb nach einer alkoholseligen plumpen Anmache von Flip wochenlang »krank« zu Hause.

Ich machte mir Sorgen um meinen Job. Auftritte wurden im letzten Moment abgesagt, weil einfach nicht genügend Eintrittskarten verkauft worden waren. Festivals bemühten sich schon wieder um *the next best thing*. Lāmentors war Schnee von gestern. Es ist beängstigend, wie schnell man in Vergessenheit geraten kann.

Im Hotelzimmer spiele ich immer »Football Manager«. Das ist ein Computerspiel, in dem ich Coach einer Fußballmannschaft bin. Ich muss Spieler kaufen und verkaufen, die Aufstellung für ein Spiel machen und entscheiden, welche Spieler während einer Partie ausgewechselt werden. Ich hab mir das Spiel gekauft, um mir die Zeit zu vertreiben, aber auch aus Nostalgie. Früher hab ich es nämlich immer mit dem Nachbarjungen gespielt, in meinem Zimmer, wo wir nebeneinander auf den Schirm guckten. Wenn er nicht gerade andere Freunde zu Besuch hatte, kam er zum Spielen zu mir. Als er wegzog, machte ich ohne ihn weiter. Ich wartete, bis der Coach mit seinem Namen entlassen wurde und nur noch der mit meinem aufgeführt wurde. So lernte ich, allein zurechtzukommen.

Jetzt hilft mir das Spiel, die Stunden bis zum

nächsten Auftritt in wieder einer anderen Stadt totzuschlagen. Stundenlang hintereinander simuliere ich mich, auf wieder einem anderen Hotelbett hockend, in die Zukunft. Ich kaufe Talente ein, mache Aufstellungen und analysiere die Spielstatistiken. Ich balle die Faust, wenn mein Angreifer ein Tor schießt. Zwischendrin lese ich auf Internetforen, wie andere es machen. Wir tauschen Tipps aus.

Das ist eigentlich alles, was ich tue, wenn ich nicht bei der Arbeit bin. »Football Manager« spielen oder schlafen.

Mein Team war Everton. Dahin kam ich nach erfolgreichen Jahren bei FC Utrecht, Ajax und Paris Saint-Germain. Es machte immer mehr Spaß. Wurde immer mehr zur Sucht, könnte man auch sagen. Eine Stunde war in zehn Minuten herum. Wenn ich nicht spielte, dachte ich ans Spielen. Ich tüftelte ein neues Trainingsprogramm für meinen griechischen linken Verteidiger aus, während Flip in Brüssel *Neighbours* anstimmte. Während des Refrains von *Put Yourself in My Shoes* in Köln beschloss ich, meinen Stürmer zu verkaufen. Während mit stampfenden Füßen um eine Zugabe gebettelt wurde, dachte ich an das sechzehnjährige Talent, das ich gerade eingekauft hatte, und dass ich es kaum erwarten konnte, bis der Junge etwas älter und tierisch gut sein würde.

Schließlich hatte ich mich so weit in die Zukunft hineinsimuliert, dass keiner aus der realen Welt mehr aktiv war. Ronaldo, Messi und Zlatan waren im Ruhestand und aus meinem Laptop verschwunden. Die Fußballwelt anno 2050 bestand aus Namen, die keiner Menschenseele etwas sagten, niemandem außer mir, denn ich hatte die Spieler ausgebildet und zu Weltstars werden sehen und dachte manchmal an sie, bevor ich einschlief.

*

Eine halbe Minute nach diesen ersten vier Akkorden hat Flip die Hand immer noch in der Luft. Der Jubel lässt nicht nach. Es fragt sich, ob dagegen anzuspielen ist. Aber dann setzt der Rest der Band ein, und *Black Feathers* geht ab. Wannes bringt die Drums ins Rollen, als kämen sie von weit her. Jasper macht zwei Schritte aufs Mikrophon zu.

Ja, sie spielen dagegen an. Oder eher: Sie stimmen sich perfekt darauf ab.

Julie klemmt sich die Geige unters Kinn für das Solo, das auf den zweiten Refrain folgen wird. Ich sehe ihren schelmischen Blick ins Publikum, die Konzentration in ihrer Haltung, den Zopf über ihrer Schulter, ihr entwaffnendes Lächeln, als der Applaus auch für sie aufbrandet.

Jasper kippt den letzten Schluck Wein runter und läuft zum Mikrophon. Sein Text ist tröstlich, sanft.

There's memories on the street
Autumn rain around the corner
My song of love on the pavement
And all the ways to mourn her

Aus Hunderten von Kehlen wird mitgesungen, Hunderte von Köpfen wiegen sich mit. Flips hochgereckte Hand wird von Hunderten gespiegelt, als wollten sie einander nicht im Chaos verlieren. Wir stehen hier.

*

Die Band will nicht, dass es nach außen dringt, aber *Black Feathers* war schon vor diesem Shit im Feathers geschrieben.

Es sollte auf das neue Album, *Timeless Masterpiece*, für das sich Flip und Jasper mehr Zeit nehmen wollten. Live war es noch nie gespielt worden, aber als die Federn dermaßen zum Symbol wurden für das, was passiert war, schien das auf einmal nur logisch zu sein. Binnen zehn Minuten schrieb Flip den Text an ein paar Stellen um, zwei Tage später nahmen sie die neue Version im Studio auf, und eine Woche später war sie überall im Radio zu hören.

Der Song schlug richtig ein. Die großen Sender spielten ihn praktisch einmal die Stunde. Er stand ganz oben auf den Download-Listen. Das ganze zweite Album war mit einem Schlag vergessen. Als hätte es nie ein Tief gegeben. Sommerfestivals riefen Monate im Voraus an. Boten *time slots* für die größten Bühnen zu den besten Zeiten.

»Könnt ihr eine Location mit zehntausend Leuten füllen?«, wiederholte Jasper strahlend die Frage eines der Anrufer, nachdem er aufgelegt hatte. Er sah die anderen an. »Und ob wir die ganze verdammte Location füllen können!«

Er gab Flip einen *high five,* und die anderen johlten und schrien.

Ein paar Wochen bevor das alles passierte, wurde mein Laptop geklaut. Wir hatten einen Auftritt in Hamburg, das Hotel ein paar hundert Meter von der Reeperbahn entfernt, der Gig in einer der Seitenstraßen. Abends ging auf der Reeperbahn die grelle Beleuchtung an, alles geschmacklos und billig wie auf einem Jahrmarkt. Tagsüber spiegelten die schmutzigen Fenster von Sexshops und Souvenirläden die verkaterten Visagen der Passanten wider.

Ich merkte plötzlich, dass ich meine Schlüsselkarte nicht mehr hatte. Unbewusst war ich mit der Hand über meine Hosentasche gefahren. Da war die Karte drin gewesen.

Schwitzend lief ich ins Hotel zurück.

Hatte meine Zimmernummer auf der Karte gestanden? Lag sie womöglich noch auf dem Schreibtisch oder auf dem Bett? War sie vielleicht inzwischen an der Hotelrezeption abgegeben worden?

Aber an der Hotelrezeption war nichts abgegeben worden. Die ältere Frau am Empfang sagte, dass mich eine neue Karte zwanzig Euro kosten würde. Ich nahm den Aufzug in den vierten Stock und starrte, während ich zur Zimmertür lief, auf den braunen Teppichboden und auf dem Weg zurück auf das Rautenmuster vor den Fahrstühlen, ja sogar auf den Boden des klapprigen Fahrstuhls, bemüht, dieses kleine weiße Rechteck zu finden.

Dann bat ich unten um eine neue Schlüsselkarte. Die schob ich in den Schlitz an der Tür, der Rand leuchtete grün auf, ein Pieps ertönte, die Tür war entriegelt.

Mannschaft futsch.

Ich sah es sofort. Ich wusste, wo das Ding gestanden hatte. Sonst war nichts geklaut worden.

An der Rezeption hieß es, Videobilder gebe es nicht und vom Personal sei es sicher niemand gewesen, man werde auch nicht jeden Einzelnen befragen. Es sei mein eigenes Risiko.

An dem Abend hatten wir den schlechtesten Auftritt aller Zeiten. Flip und Jasper kriegten sich über die Setlist in die Haare. Ich war mit meinen Gedanken woanders. Stimmte eine elektrische Gitarre nicht richtig, verpasste nach *Little Things* einen Instrumentwechsel, und als Flip mich beim Singen mit einem Seitenblick daran zu erinnern versuchte, kriegte ich das nicht mit. Er kam selber hinter die Bühne gestürmt, um sich seine akustische Gitarre zu holen, und stieß mich fast über den Haufen.

Klar, dass man mit dem Spielen von Computerspielen keinen Nobelpreis gewinnt, wusste ich auch. Es machte mir einfach Spaß. Ich konnte die Zeit damit totschlagen. Es war, als ob ich mich mit *Super Mario* durch so 'n grünes Rohr im Boden in eine Warp-Zone begab und in eine andere Welt gelangte.

Drei Tage später war ich wieder zu Hause. Ich war fix und fertig. Ich fuhr meinen Heimcomputer hoch, ging auf eines der Foren, die ich häufiger besuchte, und schrieb die Grabrede für meine Mannschaft. Alle Vor- und Zunamen und Positionen konnte ich mir mühelos ins Gedächtnis rufen.

Andere Gamer ließen mich wissen, wie scheiße

sie das für mich fanden. Sie verstanden mich. Sie mochten gar nicht daran denken, dass ihnen so was passieren könnte. Sie meinten, dass wahrscheinlich ein automatisches Back-up gemacht worden war, das ich mir wieder neu runterladen konnte, aber sie wussten natürlich nicht, dass ich in Hotelzimmern spielte und mich nie über das WLAN einloggte.

Nur einer wollte gern mehr über meine Mannschaft hören. Er kam nicht mit einem Lösungsvorschlag wie die anderen.

Er ließ mich einfach wissen: Mail mir, wenn du magst.

Ich fürchtete anfangs, dass er mich auf die Schippe nahm. Oder mein Vertrauen erschleichen wollte, um mich dann zu bitten, ihm Geld zu überweisen, weil er in eine akute Notlage geraten sei. Aber irgendwie ging von seinen Worten echte Wärme aus, und ich befand, dass er mir sympathisch war.

Er fragte, wie weit ich schon gewesen sei. Welche Mannschaften ich gecoacht hatte. Was ich gewonnen hatte. Ich antwortete ihm, und nach ein paar Wochen stellte ich ihm auch Fragen. Wir tauschten uns jetzt auch über Sachen in der realen Welt aus. Andere Spiele, Musik, Fußball, was in den Nachrichten war. Ich folgte ihm auf Instagram. Wir wurden Facebook-Freunde. Ich schaute mir seine Fotos an und versuchte, mir sein Leben vorzustellen.

Ich rief meinen Vater an und erzählte ihm von meinem geklauten Laptop. Ich wählte die richtigen Worte, um an sein schlechtes Gewissen zu appellieren, von dem ich genau wusste, wo es saß und wie ich darin herumstochern konnte, und gab ihm durch die Blume zu verstehen, dass er sich mittels PayPal wieder für eine Weile freikaufen konnte.

Ich wollte eigentlich nicht ganz von vorne anfangen, in dem langweiligen, vorhersehbaren 2013. In meinem vorigen Spiel hatten Hunderte Stunden Arbeit gesteckt. Das schrieb ich ASMATTI in einer der Mails, und er fragte: Würde es dir was bringen, wenn du mit meinem *Savegame* weitermachen könntest? Er war inzwischen im Jahr 2045. Er sagte: Alles neue Spieler, neue Herausforderungen. Spiel einfach eine Saison damit, dann bist du garantiert wieder gespannt, wie weit du kommen kannst.

Er stellte eine Kopie seiner Datei ins Netz und schickte mir den Link. Ich lud sie mir runter und speiste sie in mein eigenes Spiel ein. Er war Coach von Barcelona. Ich sah mir die Mannschaft an, probierte Aufstellungen aus und guckte, was sich so alles in der zweiten Mannschaft tummelte. Entdeckte vielversprechende Talente und war gespannt, wie weit die es bringen würden. Langsam, aber sicher verband ich mich mit der neuen Welt.

In den Wochen danach mailten wir uns täglich. Wir hielten uns über unsere Mannschaften auf dem Laufenden, tauschten Taktiken aus, schickten im Anhang Screenshots mit. Seit dem Nachbarjungen hatte ich mit niemand mehr so ausführlich über das Spiel geredet. Ich sagte, dass ich mit Lāmentors tourte, und er sagte, wie gut er die Band fand.

Ich wusste, was passiert war, als andere auf seiner Facebook-Seite Nachrichten posteten.

Wir saßen im Tourbus und fuhren irgendwo auf einem anonymen Autobahnabschnitt. Die anderen schliefen oder schwiegen jedenfalls vor sich hin. Ich starrte auf mein Smartphone und wischte mit zitternden Händen über den Schirm, um die neuesten Mitteilungen zu lesen. Beileidsbekundungen. Erinnerungen.

Vielleicht wollte ich es einfach nicht wahrhaben und mailte ihm deswegen. Beiläufig. Als wollte ich nur mal was fragen. Vielleicht bildete ich mir ein, dass sich die Welt, in der er und ich Kontakt zueinander hatten, als eine andere erweisen würde als die, in der die Leute sich in Abschiedsworten »die Hinterbliebenen« nannten und YouTube-Filmchen von Pink Floyds *The Great Gig in the Sky* auf seine Seite posteten.

Aber er antwortete nicht. In der Nacht nicht, am

nächsten Tag nicht und in den Tagen danach auch nicht.

Der Band sagte ich erst nichts davon. Ich wusste auch einfach nicht, wie ich das erklären sollte. Aber es lief schlecht. Zu guter Letzt schlug ich, als wir ein paar Shows hintereinander in den Niederlanden hatten, von mir aus vor, dass ich ein paar Wochen nach Hause gehen würde. Prima, sagte Jasper, dann würde ein Cousin von Flip mitkommen. Ich nickte und packte meine Tasche.

Als jemand Ort und Zeit seiner Beerdigung auf seine Facebook-Seite setzte, beschloss ich hinzugehen. Ich nahm den Zug und sah mir den Ort an, wo es passiert war. Kann sein, dass ich auch das tat, weil ich es nicht glauben wollte. Weil ich es mit eigenen Augen sehen musste.

Am Tag der Beerdigung kam mir erst der Gedanke, dass ich ohne Anzug auffallen würde. Also blieb ich auf einer Bank gegenüber der Friedhofskapelle sitzen und hoffte, dass auch noch andere kommen würden, die keinen Anzug trugen. Ich hoffte auch, dass noch andere kommen würden, die nicht weiß waren.

Vor der Tür stand ein Mann, der eine Zigarette rauchte. Die Asche trudelte an seiner glattgebügelten dunkelgrauen Hose entlang abwärts, wie wenn einer aus einem brennenden Gebäude springt.

Dann ging er rein, und ich blieb draußen.

Zwei Stunden später wurde der Sarg durch die Tür getragen. Es wurde geweint. Man umarmte sich. Ich tat so, als schaute ich auf mein Handy. Niemand sah mich.

Jasper rief mich drei Tage später an. Wie er überhaupt an meine Nummer kam, weiß ich nicht. Flips Cousin sei »eine Katastrophe«, sagte er. »Wir brauchen dich eigentlich.«

Sie brauchten mich eigentlich einfach.

Einige Tage darauf konnte ich in dem hellhörigen Hotelzimmer in Gent nicht so richtig einschlafen. Ich lehnte eines der Kissen ans Kopfende, setzte mich auf, griff zur freien Bettseite rüber und zog meinen Laptop auf den Schoß.

Es war März 2047. Ich hatte zwei Saisons gespielt, als ich eine Nachricht erhielt: Ein neuer Jahrgang Nachwuchsspieler sei aufgerückt. Ich klickte darauf. Sah mir die Statistiken an, gespannt, ob Talente darunter waren.

Ein Nachname fiel mir ins Auge.

*

Wannes' Drums schwellen weiter an. Bas und Flip synchronisieren ihr Gitarrenspiel. Jasper singt. Noch einmal den Refrain. Eine Oktave höher jetzt.

Die Gitarren, der Bass, Julie abwechselnd am Keyboard oder mit der Geige am Kinn. Sie bauen die Spannung auf. Sie spielen mit dem Saal.

Der Song tritt kurz auf der Stelle. Er plätschert vor sich hin, verschnauft. Er geht in die Hocke, um danach umso höher springen zu können. Das Schönste kommt noch, und alle wissen das.

Ich sehe Flip nach hinten gucken. Er sieht mich kurz an und zwinkert. Dann dreht er sich zum Rest der Band um. Ein ungläubiger Blick, als er wieder in den Saal schaut. All diese Menschen. Sind es je schon mal so viele gewesen? Er fährt sich mit der Hand durchs Haar, Schweißtropfen perlen von seiner Stirn. Er zeigt auf Jasper, dem auch kurz die Worte fehlen. Jasper zeigt wiederum auf Flip, und sie schauen mit einem Blick in den Saal, der über den anderen sagen soll: *Der* Typ, der ist die Wucht, der ist ganz groß. Der Typ, der ist mein Freund.

Plastikbecher mit Bier werden in die Luft gereckt. Ein letztes Mal schwillt alles an, und der Jubel im Saal macht mit.

»Vielen Dank!«, ruft Flip ins Mikrophon. Er zieht den Ohrstöpsel raus, er baumelt ihm über die Schulter.

Er hält die Gitarre über seinen Kopf, bringt sie dann wieder in Anschlag und stimmt eine improvisierte Reprise an. Die anderen fallen ein.

Sie singen minutenlang weiter, die Leute, die gekommen sind. Auch als die Lichter angegangen sind und die Band schon Richtung Garderobe verschwunden ist, als die Bedienung an der Bar die Theke abwischt und der allmähliche Exodus eingesetzt hat, auch da singen sie noch weiter.

Kristianne

Zuerst kamen die Kurzmitteilungen.
Habt ihr gehört?
Das rot abgesetzte Band der Nachrichteneinblendung.
Dann die Anrufe. WhatsApps. Zum letzten Mal gesehen um.
Ich mache mir jetzt einen Tee. Bestimmt hat er danach geantwortet.

Dann die Nacht, in tiefes Nichtwissen getaucht. Jedes Geräusch vermummte sich als Lebenszeichen.

Am Morgen ein Croissant. Weil nichts anderes im Haus war. Weil Wochenende war. Das wahnsinnige Krümeln dieser Dinger. Auftupfen der Brösel mit angefeuchtetem Finger. Das will ihr jetzt nicht mehr aus dem Kopf, dass sie das noch gemacht hat an jenem Morgen.

Immer wieder Telefonate mit Amber: Nein, nichts. Immer noch nichts.

Mittags dann zwei Polizisten in der Küche, Anruf bei Jacob in deren Beisein.

Mein Mann fährt mit dem Fahrrad herum. Um ihn zu suchen.

Jacob, sie sind hier. Die Polizei. Sie stehen hier im Haus, Jacob.

Dann die Fahrt ins Krankenhaus.

Dann die Gewissheit. Das Erkennen.

Die neutrale Stille in der Miene des Leichenwärters. Ihr Ekel vor einem Mann, der sich für diesen Beruf entschieden hat. Sie will ihn beschimpfen, ihm das Schlimmste, was ihr nur einfällt, an den Kopf werfen, aber sie sieht, dass er auch dafür die passende Miene haben dürfte.

Weil sie nicht die Ersten sind. Nicht mal heute.

*

Bei der Beerdigung Hunderte von Menschen. Freunde, die sie noch nie gesehen hat, in schlechtsitzenden Jacketts. Sie erinnern sich an Dinge, von denen sie nie gewusst hat.

Janna ist aus Antwerpen zurück. Ihr Mantel wieder an der Garderobe im Flur: als hätte ein verheerender Sturm *ein* Ding zufällig an den richtigen Ort gepustet. Jetzt sitzt sie neben ihr in der Bankreihe. Drückt ihre Hand. Schau mal, Mama, all diese Leute haben ihn gerngehabt.

Die Nachbarin schräg hinter ihr. Die Nachbarin, die ihr jeden Tag eine warme Mahlzeit brachte und durch den Briefschlitz rief, wenn sie sich auf der Toilette versteckte. Huhu, können wir was für dich tun?

Jacob stellt sich ans Mikrophon und sagt, dass das alles nicht leicht ist.

Ein guter Freund liest mit gesenktem Blick etwas vom Blatt ab. Immer voller Pläne, sagt er. Er hatte immer was Großes vor. Vielversprechendes, Termine. Immer wieder mit was Neuem befasst.

Ein Zweiter übernimmt, als dem Ersten die Stimme versagt. Er liest: Er wollte was. Wenn es ihm zu lange dauerte, wurde er ungeduldig. Scharrte mit den Hufen. Kommt, ihr Loser.

In einer anderen Reihe wird verstohlen und mitfühlend gelacht.

Sie möchte sich erheben. *Nein.* So war er *nicht*.

Alle erwähnen sie Amber. Die zwei, sagen die Leute. Die zwei, wenn die zusammen waren.

Sie steht später selber da, Amber, sie hält sich mit beiden Händen fest und sieht niemanden an, aber sie bringt kein Wort heraus und muss wieder zu ihrem Platz in der ersten Reihe gebracht werden.

Als kleiner Junge gewann Mattias einmal einen Malwettbewerb in der Bibliothek. Er wählte die Farben ganz überlegt aus. Malte nicht über die Linien hinaus. Schattierte die Farben, indem er den Stift mal fester und mal weniger fest aufs Papier drückte. Es gab eine Preisverleihung, und er nahm feierlich und offiziell einen großen Kasten Buntstifte und einen Gameboy in Empfang, auf dem er vor allem seine Schwester spielen ließ.

Zu Sinterklaas schenkte sie ihm einmal einen Trainingsanzug. Er packte ihn aus, und sie sah, dass er ihm nicht gefiel, denn sie kannte ihn damals noch besser als er sich selbst. Er muss das seinerseits gemerkt haben. Doch, er *gefällt* mir, beteuerte er. Sie ließ sich von ihm trösten. Doch, wirklich, Mama. Ich musste mich nur eben dran gewöhnen, Mama.

Seine Einfühlsamkeit. Er spürte genau, wenn es Freunden, die bei ihm spielten, keinen richtigen

Spaß machte. Dann schlug er vor, etwas anderes zu machen. Er hatte einen besseren Riecher für die Launen seines Vaters als sie und seine Schwester.

Sie erinnert sich, dass er einmal mit einem Gummiboot nach Hause kam, das im Schilf leckgeschlagen war. Er trug die schlappe Hülle auf den Händen wie ein überfahrenes Haustier.

Sie weiß noch, dass er einmal mit einem blauen Auge nach Hause kam, als er abends aus gewesen war. Sie weiß noch, dass er erzählte, jemand habe sich an der Garderobe vorgedrängelt und er habe den Jungen, der um einiges größer und stärker gebaut war als er, darauf angesprochen. Der schlug ihm einfach ins Gesicht. Seine Augenbraue war aufgeplatzt. Er schlug nicht zurück.

Sie weiß das, weil er so war.

Diese Geschichten bekommt sie allesamt nicht zu hören.

*

Amber fragt, ob sie böse ist.

Es ist der vierte Tag. Sie sitzt auf dem Sofa des Hauses, wo seine Post zugestellt wurde. Wo sein Fahrrad im Wohnzimmer steht. Wo er am Muttertag im Bett liegen blieb.

Böse? Ja, das ist sie. Sie kocht vor Wut. Weil Amber hier inmitten seiner Sachen wohnt und die Einzige ist, die den Haustürschlüssel hat.

Sie schleicht durch die Räume und sucht nach Orten, wo etwas von ihm eingeschlossen ist. Nach Gläsern, deren Deckel sie aufschrauben kann, damit er daraus aufsteigt. Nach den Verästelungen, die sein Lebenslauf in den letzten Jahren ausgebildet hat. Jahren, in denen er wochenlang nichts von sich hören lassen konnte und, wenn sie ihn schließlich anrief, behauptete, er habe wahnsinnig viel um die Ohren, aber er könne nicht so viel von sich erzählen, denn bei ihm sei alles wie immer.

Ein Brötchen?, fragt Amber.

Nein. Noch immer kein Appetit.

Zu Hause ist die Katze die Einzige, die etwas isst.

In besseren Momenten zählen sie beide auf, woran sie sich erinnern. Was ihnen gerade einfällt. Wie Steinchen, die man in einen Teich wirft. Sie sitzen mäuschenstill nebeneinander und warten, bis die Kreise immer weiter werden und bei der anderen etwas Neues an die Oberfläche steigt. Etwas, von dem sie beide nicht mehr wussten, dass sie es behalten haben.

Nein, meine Liebe, ich bin nicht böse. Worüber sollte ich böse sein?

Sie zwingt sich, über ein Knie zu streichen, eine Hand zu fassen. Weiß nicht mehr, wer dieses Mädchen ist. In welchem Verhältnis sie jetzt zueinander stehen.

Aber du wirkst böse.

Als Amber zur Toilette ist, erhebt sich Kristianne vom Sofa und sucht nach dem Polaroid. Sie weiß, dass es im Regal vor den Büchern steht.

Sie sitzen in einem Kettenkarussell auf einem Jahrmarkt oder Festival. Er, in einem blauen Shirt, das sie ihn nie hat tragen sehen, schaut in die Kamera. Sie schaut nach hinten, aus dem Bild hinaus; ihr leuchtend gelbes Kleid umspannt ihre Brüste und flattert weit um ihre Beine. Der unscharfe Hintergrund zeugt von Bewegung. Sie fliegen.

Es ist der perfekte Moment. Jeder würde sie sofort als Liebende erkennen, obwohl sie sich gar nicht ansehen. Das strahlen ihre Körper aus, wie sie naturgemäß einander zugewandt sind, wie zwei Zahnrädchen, die im nächsten Augenblick ineinandergreifen werden, wie zwei Blumen, die zur selben Sonne hin wachsen.

Sie erwägt, das Foto mitzunehmen. Irgendwann.

Als sie geht, wird die Tür von innen abgeschlossen.

*

Jacob sagt, dass sie den Tatsachen ins Gesicht sehen müssen. Er bringt Mattias' altes Eichenholzbett mit dem eckigen Kopfteil und den runden Beinen, das er selbst für seinen Sohn gebaut hat, auf die Müllkippe. Als er zurückkommt, sagt er, dass sie den Tatsachen ins Gesicht sehen müssen.

Sie hört ihn hinter der geschlossenen Tür mit einem widerspenstigen Wäscheständer kämpfen, den er zu zerlegen versucht, bis er schließlich mit rotangelaufenem Kopf herauskommt und sagt, sie müssen die Dinge sehen, wie sie sind.

Janna sagt, dass sie mit irgendwem reden müsse. Dass sie sonst ersticke. Noch ein paar Tage, sagt sie, dann fahre ich nach Hause. Ich muss wirklich zurück. – Mam, du musst mit irgendwem reden.

Sie wendet sich an Jacob, an seinen gebeugten Rücken, seine Regungslosigkeit. Sie sagt, dass sie schon seit Tagen nicht mehr draußen gewesen ist, den Fernseher nicht anzumachen, die Zeitung nicht aufzuschlagen wagt. Dass ihre Haut vom stundenlangen Duschen dünn und durchscheinend geworden ist, als ließe sie sich ganz leicht abziehen.

Sie sagt, dass nichts vergehe und auch nichts vergehen dürfe. Dass man sich nicht daran gewöhne und auch nicht daran gewöhnen dürfe.

Sie sagt: Ich muss etwas tun.

Kein Psychiater, sagt er. Nicht so ein Hokuspokus.

Auf Facebook teilt eine Freundin zwei Wochen später einen Aufruf: Wer Lust hätte, montagabends mit Menschen, die die Sprache lernen wollen, Niederländisch zu üben.

Mit starr verkrampften Schultern radelt sie hin.

Schon beim Eintreten weiß sie, dass sie die falsche Entscheidung getroffen hat. In dicke wattierte Jacken vergrabene junge Männer. Ihre Bewegungen sind undurchsichtig. Es wird laut und schrill gelacht. Sie tritt ängstlich zwei, drei Schritte zurück, als habe sie ein Raubtier vor sich, und zwanzig Minuten später ist sie wieder zu Hause.

Jacob sagt: Hab ich doch gesagt.

*

Als sie aus dem Supermarkt kommt, sitzt die Katze auf der anderen Straßenseite. Sie erkennt sie an der weißen Schwanzspitze. Sie ist sich plötzlich sicher, dass sie die Haustür offen gelassen hat.

Die Katze ist drauf und dran, über die Straße zu laufen, als ein Auto angefahren kommt.

Sie schreit: Nein!

Leute drehen sich um. Das Auto bremst nicht ab.

Sie schaut auf das Auto, auf die andere Straßenseite. Das Auto. Die andere Straßenseite. Das Auto. Die andere Straßenseite.

Die Katze sitzt noch da.

Mit zittrigen Knien läuft sie zu ihr und hockt sich vor sie hin. Die Katze lässt sich streicheln. Schnuppert in die Einkaufstasche.

Was machst du denn hier?, fragt sie. Du gehst doch sonst nie zu dieser Seite raus.

He. Du Dummerchen. Was tust du denn hier?

Bei jedem vorüberfahrenden Auto dreht das Tier die Ohren nach hinten.

Sie nimmt die Katze auf den Arm. Die schmiegt sich an sie, steckt den Kopf in ihren Schal und lässt sich nach Hause tragen.

*

Sie hat ständig Streit mit Jacob. Sollen wir uns nicht besser trennen, sagt sie eines Nachmittags im Auto, ins Blaue hinein, als schlage sie eine andere Route für den Heimweg vor.

Drei Wochen später haben sie auf jede erdenkliche Weise nichts mehr dazu gesagt.

An diesem Montagabend fährt sie noch einmal zu dem Sprachunterricht. Diesmal geht es besser. Bevor sie sich dagegen sträuben kann, ist sie Joumana und Wael vorgestellt worden, einem Ehepaar aus Hama mit drei Kindern. Sie haben gerade eine Wohnung bekommen und möchten wissen, wie man Laminat verlegt. Sie zeichnet ihnen eine Anleitung.

Sie lernt einen Ahmed aus Kabul kennen und einen Ahmed aus Mossul. Ihre Schüchternheit fällt allmählich von ihnen ab wie ein schlecht klebendes Etikett. Sie trinken starken Tee mit vier Würfeln Zucker. Sie fragt, wie es ihnen geht, und sie antworten »gutunddir«, ohne zu wissen, dass sie damit eine Gegenfrage stellen. Sie antwortet nicht darauf.

Am folgenden Montag wird sie mit Fariba zusammengekoppelt, einer jungen Frau aus Damaskus. Bis nächste Woche, sagt Fariba zum Schluss, und es klingt zu selbstverständlich, als dass sie noch widersprechen konnte.

Sie reden über das Wetter und über die Feiertage. Manchmal hört sie sich selbst Dinge sagen, von denen sie denkt: So hörte sich Mattias auch manchmal an.

Fariba bittet sie um ihre Telefonnummer. Sie zögert. Gibt sie ihr dann doch. Schick mir einfach eine SMS, wenn ich dir bei irgendwas helfen kann, sagt Kristianne, weil das wie etwas klingt, das sie sagen müsste.

Danke schön, sagt Fariba, nickt unterwürfig und legt die flache Hand auf ihre Brust. Danke schön.

Mit den anderen Freiwilligen redet sie kaum. Eines Abends schnappt sie auf, dass einige mit einer Gruppe Flüchtlinge zusammen essen gehen. Sie sind ausgelassen, die Niederländer, als hätten sie eine Weltreise gebucht.

Manchmal essen sie abends wieder. Sie sitzen an dem Tischtuch, das die Kinder früher bekritzeln durften. Wörter, Zeichnungen, Witziges und Freches, angetrocknete Farbe und verblasste Federstriche, mit den Jahren geronnen.

Mattias stritt sich nie, bedenkt sie eines Abends im Bett. Vielleicht weil er den Bogen raushatte. Weil er mehr davon verstand als seine Eltern. Anfangs dachte sie: Warte nur, bis du kein verliebter Teenager mehr bist. Später wusste sie, dass es natürlich auch in seinen Beziehungen Stolpersteine und Webfehler gab, doch sie zog es vor, die nicht zu sehen. Dafür war sie Mutter: zu glauben, dass eine bessere Version ihrer selbst existierte, die das Glück länger festhalten und gesünder sein und sie unsterblich machen würde. Einen, der ihre Hand fasste und gespannt zu ihr aufsah, Mama, was mahahachen wir jetzt, um diese Hand dann später loszulassen und ihr jeden Tag auf die allerschönsten Arten das Herz zu brechen.

Sie trennen sich nicht, aber sie bleiben auch nicht zusammen.

An einem Mittwochnachmittag geht sie zu seiner alten Grundschule. Nicht mit einer festen Absicht; sie ist mit dickem Kopf von den Schlaftabletten aus dem Haus gegangen und steht plötzlich hier. Die Schule ist aus. Kleine Holzstühle mit schalenförmigen Rückenlehnen sind unter Tische mit abgerundeten Ecken geschoben.

Es riecht noch genau so wie früher. Auf der Matte zwischen den Außentüren und den großen Schwingtüren zur zentralen Eingangshalle sind Schlammspuren. An der Garderobe hängen noch ein paar Jacken. Sie denkt an die Winterjacke, die er in dem Alter trug, mit dem zusätzlichen Futter, das sie hineinnähte, als es noch strenge Winter gab. Es kommt ihr so vor, als könnte sie zu dem Klassenzimmer in der Ecke laufen und er käme herausgestürmt, um die ganze aufgestaute Energie abzulassen – wie Tauben, die man bei einer Hochzeit aufsteigen lässt.

Es bleibt länger hell.

Eines Nachmittags schickt Fariba ihr eine Sprachnachricht per WhatsApp. Sie steht im Rathaus. Sie hat einen Termin, aber es kommt niemand.

Kristianne radelt hin. Fariba fasst sie gleich beim Unterarm, als sie durch die Drehtür kommt.

Ich warten, sagt sie. Niemand kommen.

Du hast keine Nummer gezogen. Schau her. Das ist deine Nummer.

Kristianne läuft zum Schalter, und Fariba kommt sofort dran. Fünf Minuten später ist sie fertig.

Danke schön, Kristianne, sagt sie. Ich bin stolz, dass du mein Freund bist.

Am nächsten Morgen frühstückt sie wieder. Sie geht in den Garten hinaus und sieht, dass ihre Pflänzchen gewachsen sind. Und dass die Schnecken nach wie vor Löcher in ihren Brokkoli fressen.

*

Sie schreibt eine Einladung und macht im Supermarkt dreißig Kopien davon. Benefizdiner für Flüchtlingsarbeit. Iss mit und spende, was du erübrigen kannst.

Die Organisatoren des Sprachunterrichts sagen, sie halten das für eine gute Idee. Ja, mach das. Sie verteilt die Einladungen an alle, mit denen sie in den Wochen zuvor Niederländisch geübt hat.

Bring deine Freunde mit. Du brauchst nichts zu bezahlen, das tun die Niederländer. Kommt einfach zum Essen.

Ich backe was, sagt einer der Ahmeds. Ich bringe Kuchen mit.

Es fühlt sich gut an, ihre ganze Zeit darauf zu verwenden. Sie lädt Freundinnen ein. Bekannte. Leute aus dem Tennisklub und dem Ruderverein. Alle sagen, dass sie die Idee gut finden. Dass das eine unheimlich gute Idee von ihr ist.

Wir könnten das bei mir machen, schlägt eine Freundin vor. Sie wohnt am Wasser, hat eine große Küche und ein Wohnzimmer, in dem dreißig Leute am Tisch sitzen können.

Am schwierigsten sind die Freunde von Mattias. Sie schickt jedem eine Mitteilung, der etwas auf seine Facebook-Seite geschrieben hat. Sie sagen, dass sie einen Babysitter organisieren müssen. Sie sagen, sie versuchen es einzurichten. Sie sagen, sie sehen, was sie tun können.

Amber antwortet gar nicht.

Der Supermarkt könnte Lebensmittel spenden. Ein Filialleiter von Ende dreißig fährt gerade einen Stapler voll Milch und Joghurt in eine Ecke. Es spielt ein bekannter Popsong. Der freundliche Mann sagt, dass es einen Topf für so was gebe. Wenn sie ihm eine Einkaufsliste mache, wolle er sehen, was er tun könne.

Für wann wäre das?

Sonntag schon.

Sonntag ist okay. Sie kann am Hintereingang klingeln.

Astrid ist als Erste da. Sie legt ihren schwarzbraunen Parka über ihren rechten Arm und reibt Kristianne mit der freien Hand über den Rücken. Sie sagt das, was sie im Rückspiegel eingeübt hat.

Na, meine Liebe, es riecht auf alle Fälle schon mal gut.

Auch die anderen suchen den Körperkontakt, als wollten sie überprüfen, ob sie noch leibhaftig existiert und man nicht wie bei einem Geist ins Leere fasst, so wie bei Jacob und ihr zu Hause.

Sie lässt Marja die Gäste in Empfang nehmen, während sie kleingeschnittene Frühlingszwiebeln in die Suppe gibt. Aus dem Wohnzimmer sickern Teile von Gesprächen herein, das Tasten nach Themen, nach Gemeinsamkeiten von Menschen, die sich höchstens entfernt kennen.

Bist du noch bei Deloitte?

Wie macht sich Jeroen denn jetzt in der Schule?

Ach, nein, wir sind gerade sehr zufrieden mit diesem Tierarzt.

Woher kennt ihr Kristianne?

Sie hört es wieder: Wir finden es so gut, dass sie das hier macht.

Ahmed hält Wort. Sein Kuchen ist lieblos in Alufolie eingepackt wie etwas, das man gleich wegwerfen kann. Er kommt in Begleitung seines Cousins und zusammen mit Fariba und einer Frau, die sie als eine der anderen Montagabendfreiwilligen erkennt, mit der sie aber nie geredet hat. In ihrem Alter, schätzt sie. Sie hat müde Augen, trägt einen roten Pullover und einen dunkelbraunen, knöchellangen Rock. Sie begrüßt die Frau, erhält aber keine Erwiderung.

Es ist ein guter Abend. Man isst und lacht. Besteck bewegt sich über Teller, man reicht sich Tassen über den Tisch, Flaschen werden entkorkt oder aufgeschraubt. Marjas Profi-Geschirrspülmaschine schlürft und bürstet. Wenn Kristianne zwischendrin dazu kommt, isst auch sie selbst etwas.

An der Tür steht ein Tönnchen vom Ruderverein. Sie hat es mit einem Aufkleber *Spenden* versehen und mit einem zweiten, auf dem *Danke!* steht.

Sie spürt, dass er da ist. Weil die Gäste Raum für ihn lassen, wenn sie sich hinter ihr entlang Richtung Toilette schieben. Weil sie nicht nur das Essen meinen, wenn sie sagen, dass sie das so gut gemacht hat. Weil sie nicht nur ihr winken, als sie gegen Mitternacht zu ihrem Auto laufen.

*

In der Küche wäscht sie die Tee- und Kaffeetassen von Hand ab, während der Geschirrspüler ein letztes Programm absolviert. Der Abfalleimer ist voll, auch nachdem sie alles runtergedrückt hat.

Gib mal her, sagt Marja. Wird morgen abgeholt. Sie knotet die Mülltüte zu und tritt aus der Haustür in die Dunkelheit.

Kristianne geht mit einem Wischlappen zum Esstisch im Wohnzimmer.

Sie erschrickt. Die Frau mit den müden Augen

ist noch da. Sie steht mit dem Rücken zum Zimmer regungslos vor der Wand und schaut sich ein Bild an. Ihr roter Pullover ist mehr als geräumig um die Schultern.

Als sie sich umdreht, sagt sie: Ich wollte noch eben bleiben. Ich wollte mich noch bei Ihnen bedanken. Ihre Stimme ist warm.

Marja kommt herein und sagt, dass sie jetzt nach oben gehe. Dass sie, Kristianne, bleiben könne, wenn sie wolle. Sie werde ihr vorsorglich das Gästebett herrichten.

Die beiden Frauen bleiben in dem Vakuum zurück, das sich nach dem Abend eingestellt hat, an dem Gespräche, Ausrufe, Gesten kamen und gingen wie das Meer, das auf den Strand rollt und sich wieder zurückzieht.

Sie unterhalten sich über den Abend. Über die Montage, die vier Würfel Zucker, die Ahmeds. Kristianne erzählt von dem Vorfall im Rathaus. Die Frau hat es schon von Fariba gehört. Diese Bürokratie! Vorschriften über Vorschriften.

Eine Stunde später sagt sie: Ich bin immer noch satt.

Es fühlt sich anders, angenehmer an, jemandem über Mattias zu erzählen, der ihn nicht gekannt hat, jetzt, da *ihr* Narrativ tonangebend ist. Er kann ihr nicht davonlaufen. Sie erzählt alles, was sie auf der Beerdigung gesagt hätte, wenn es ihr möglich gewesen wäre.

Er konnte so gut er selbst sein, sagt sie. Konnte so gut genießen. Er hatte genau im Kopf, wann seine Lieblingsstelle in einem Musikstück kam. Schon ganz früh. Dann rief er mich. Pass auf, Mam. Erhobener Finger. Und dann trat eine Veränderung ein, ein Gitarrenlauf kam dazu, ein Refrain machte eine Wendung. Hörst du, Mam?

Sie spricht die Schuldgefühle an. Die Angst, die Betäubung. Dass er doch mehr davon verstand als sie: wie Menschen ticken, wie Liebe funktioniert.

Dass das nun alles weg ist, verdammt.

Sie hebt gleich die Hand und macht eine entschuldigende Geste. Pardon, ich wollte nicht fluchen. Ich habe mir gelobt, nicht zu fluchen, und jetzt tu ich's doch.

Macht nichts. Ich kann Sie verstehen.

Die Frau ist die Erste, die nicht auf alles mit »Geht mir genauso« reagiert. Die Erste, die nicht wie alle anderen krampfhaft zu relativieren versucht, indem sie Dramatisches aus ihrem eigenen Leben dagegenhält. Ich weiß noch, dass *ich*. Die Freundin von einer Kollegin hat mal. Autounfälle, Krankheiten,

Fehlgeburten, eingeschläferte Hunde. Als wäre es weniger schlimm, wenn nur genügend darauf gepocht wird, dass anderen auch schreckliche Sachen zustoßen.

Diese Frau ist die Erste, die das nicht tut.

Sie fängt nur an, von ihrem eigenen Sohn zu erzählen, etwas Triviales, früher, als – bricht aber gleich ab: Entschuldigen Sie, das wollen Sie jetzt gar nicht hören.

Kristianne ermuntert sie mit heiserer Stimme: Erzählen Sie.

Sie lässt sich tiefer ins Polster sinken und lauscht, halb, mal mehr, mal weniger, und sie erkennt in dem, was sie zu hören bekommt, etwas von ihrer eigenen früheren Haltung gegenüber Mattias wieder. Wie Fehler, die man als Mutter macht, die Gedanken den ganzen Tag und die ganze Nacht beherrschen können, obwohl das Kind nach seiner unmittelbaren Reaktion schon alles wieder vergessen hat – aber gerade darin, in der Reinheit dieser unmittelbaren Reaktion, steckt der nicht nachlassende Schmerz. In der Art und Weise, wie ein Achtjähriger verzeihen kann.

Es wird später. Sie dämpfen ihre Stimme, um das Haus nicht zu wecken.

Nachdem sie geraume Zeit stillgeblieben ist, fragt Kristianne: Hätte ich es ahnen müssen? Das hört man doch manchmal, dass eine Mutter intuitiv *weiß*, dass etwas mit ihren Kindern ist?

Sie denkt an jenen Tag zurück. Ja, im Nachhinein vielleicht. Das Tennismatch, das nicht richtig lief. Der unerklärliche Schwächeanfall beim Kochen. Der Tenor der Berichterstattung am späten Abend, der sie gleich wie ein Stromschlag durchfuhr: Da ist irgendwas.

Man kann das nicht wissen, sagt die Frau bedächtig, als habe sie die Gelegenheit gehabt, sehr lange darüber nachzudenken. Man kann das nicht kommen sehen.

Oder zurückdrehen.

Oder zurückdrehen. Nein.

Man kann sich nicht die Schuld geben. Das hält man einfach nicht aus.

Kristianne nickt und ist sich bewusst, dass sie zu weinen begonnen hat.

Das darfst du nicht tun.

Kristianne nickt weiter.

Tu das nicht.

Es hilft.

Chris

Du denkst natürlich, dass es schwierig ist. Mit so einem *Stock*. Du selbst siehst deine Umgebung schon seit Jahren als viereckige Bildausschnitte, die du dir im Geiste mit dem Filterrad zurechtdrehst. Es ist lange her, dass du *nicht* die Kamera dazwischengehalten hast, wenn dein Sohn oder deine Tochter etwas Goldiges gemacht hat. Städte, Panoramen, Konzerte und Sportwettkämpfe siehst du nicht mehr, nicht *direkt*, weil es dir wichtiger ist, anderen zu beweisen, dass du dort bist. Selbst Fernsehserien schaust du dir nicht zur Entspannung an, wo es doch für alle um dich herum die denkbar beste Form der Entspannung ist, sondern verknüpfst das irgendwie mit einer To-do-Liste: Da ist noch so vieles, was du unbedingt sehen *musst*. Unterdessen guckst du sechzigmal am Tag auf das Display deines Smartphones, und meistens hast du nicht die leiseste Ahnung, wieso eigentlich. Dem Lesen von Büchern hast du nicht etwa bewusst abgeschworen, sondern dir ist diese

Liebhaberei irgendwo abhandengekommen wie etwas, das du bei der Abreise in der Manteltasche hattest und bei der Ankunft nicht mehr. Vor einigen Jahren hörtest du dich noch sagen, du hättest einfach zu viel zu tun, als dass du noch dazu zweihundert Seiten umschlagen könntest (aber im Urlaub finde ich das *herrlich,* beeiltest du dich dann zu betonen), heute räumst du prompt und unumwunden ein, dass deine Aufmerksamkeitsspanne dafür nicht mehr ausreicht. Dieses Eingeständnis schmeckt zwar nach Niederlage, doch du spülst das damit weg, dass du dein Smartphone entsperrst und eine App öffnest, die wie bei einem Experiment mit Tauben an einer Futterklappe zur Belohnung ein paar Status-Updates spendet.

Aber du denkst, *mein* Leben sei schwierig.

Das ist es nicht. Stell dir mal eben Folgendes vor: Du bist, sagen wir, ein 42-jähriger Mann von ein Meter dreiundachtzig. Sportlich gebaut, ohne dich selbst rühmen zu wollen. Vor fast zehn Jahren lerntest du Anna, die schönste Frau der Welt, kennen, weil ihr euch während eines Regenschauers unter demselben Vordach untergestellt hattet. Die Hochzeit habt ihr in einer Sternwarte gefeiert, an einem glasklaren Abend. Ihr bekamt eine Tochter, Zoë, jetzt fünfeinhalb. Sie verleiht deinen Tagen Farbe und malt dabei weit über die Linien hinaus. Du bist als Lektor bei einem Verlag angestellt und noch nie widerwillig aus dem Bett gestiegen, um zur Arbeit zu gehen. Du hast Freunde. Du joggst. Du liegst sonntagnachmittags auf der Couch und hörst voller Andacht Musik, die für dich mit scheinbar willkürlichen Momenten von früher verbunden ist. Du kochst gern, gehst auch gern essen, hilfst in der Schule deiner Tochter mit, und an schönen Abenden läufst du am Strand entlang, um die frische Luft einzuatmen und das Rauschen des Wassers zu hören. Du brauchst niemanden.

Einziger Haken: Seit deinem neunten Lebensjahr fallen die Zapfen und Stäbchen in deiner Netzhaut nach und nach einem seltenen Augenleiden zum Opfer, wodurch dein Sehen allmählich an Schärfe verliert, als würdest du das Rädchen am Fernglas in die falsche Richtung drehen.

Ein Vorteil *davon* ist, hast du dir zu denken angewöhnt, dass du nicht so ermüdend viele Auswahlmöglichkeiten hast. Es gibt drei Restaurants, wo du das Personal kennst und das Personal dich. *Eine* Buslinie, deren Fahrplan und Haltestellen du auswendig gelernt hast. Etwa zwanzig Kochrezepte, die du Schritt für Schritt im Kopf hast.

Der Pfefferstreuer trägt einen Gummiring, der Salzstreuer nicht.

Während bei allen um dich herum das Gedächtnis merklich nachlässt, weil man alles der Technologie überlässt, wird deines immer besser.

Ein Blinder kann sehen, solange er weiß, was er sehen würde, wenn er sehen könnte.

*

Für Treffen mit neuen Leuten bietet sich der irische Pub um die Ecke an, vier Minuten von daheim. Dort hat sich seit zehn Jahren nichts verändert.

Beim ersten Mal begrüßte er mich unsicher an der Tür, als ich angelaufen kam. Es war später Nachmittag.

»Chris?«

»Ha«, sagte ich. »Dann musst du Quentin sein.«

Es war ruhig im Pub, nur ein paar Männer am Tresen. Ian begrüßte mich. Wir setzten uns nach hinten, wo es still ist, und er rief von der Theke her: »Zwei Bier?«

Wir saßen uns eine Zeitlang schweigend gegenüber. Ian streute Bierdeckel über unseren Tisch aus und stellte zwei Gläser hin. *»Here you go, lads.«* Sein Niederländisch ist ausgezeichnet, aber so mag er es lieber.

Quentin trank ein paar Schlucke und stellte sein Glas wieder hin. Zögernd sagte er: »Vielleicht sollten wir zuerst was von uns erzählen.«

»Prima.«

»Chris also«, sagte er.

»Blinder Chris geht auch.«

Er überlegte, ob das ein Scherz sein sollte, und sagte dann: »Schräg.«

»Meine Kollegen nennen mich auch so.«

»Wieso denn das?«

»Wir haben noch einen Chris.«

Er schnaubte ein Lachen aus, und als er wieder zu sprechen anfing, klang er plötzlich skeptisch. Als wollte er das ganze Vorhaben schon gleich abblasen.

»Ist Laufen überhaupt die richtige Sportart für dich?«

»Warum sollte es nicht die richtige Sportart für mich sein?«

»In einem Fitnessstudio kannst du nicht angefahren werden.«

»Oh, du denkst, ich liege alle naselang unter einem Auto, weil ich blind bin.«

»Das hab ich nicht gesagt. Aber die Wahrscheinlichkeit, dass so was passiert, ist in einem Fitnessstudio gleich null. Draußen musst du Straßen überqueren. Das scheint mir für jemanden, der … Für Leute wie dich scheint es mir einfach … sicherer zu sein, drinnen zu bleiben.«

Das ließ ich mal eben so stehen. Offenbar fragte

er sich plötzlich, ob »blind« heutzutage eine beleidigende Bezeichnung ist und er »visuell herausgefordert« oder etwas Ähnliches sagen sollte.

»Ich *bin* eine Zeitlang in ein Fitnessstudio gegangen«, sagte ich. »Das am Wasser, nicht weit von hier. Viel zu voll. Du hast recht, da drinnen bin ich nie von einem Auto überfahren worden. Aber draußen stoße ich mir dafür nie den Kopf an einer Schließfachtür, die ein anderer offen gelassen hat.«

Er hörte mir zu.

»Schwimmen: auch probiert. Aber da musst du erst jemanden finden, den du fragen kannst, ob eine Bahn frei ist. Und wenn ich dann im Wasser lag, hörte ich, wie andere in meiner Nähe gleich aus dem Becken stiegen. Die hatten eine Heidenangst, dass dieser blinde Idiot ihnen kreuz und quer in die Bahn schwimmt.«

»Das klingt, als sei dein größtes Problem, wie andere auf dich reagieren.«

»Hier, neulich erst. Ich war irgendwo falsch gegangen. Hatte mich in meiner eigenen Nachbarschaft verlaufen. Also fragte ich jemanden, in welcher Straße ich sei. Die Frau dachte nicht daran, mir einfach zu antworten. Wohin müssen Sie?, fragte sie. Nein, sagte ich, ich brauche nur zu wissen, wie diese Straße heißt, dann finde ich mich schon zurecht. Wollte sie mir nicht sagen. Wir bekamen fast

Streit. Also blieb mir nichts anderes übrig, als mich an ihrem Arm nach Hause bringen zu lassen und mich dreimal übertrieben dafür zu bedanken.«

Er lachte kurz.

»Wenn ich mit Anna irgendwo bin, reden die Leute mit ihr, über mich. Während ich daneben stehe. Wie geht es *ihm* denn jetzt?«

»Menschen sind schrecklich«, sagte er und gab einen Laut von sich, aus dem ich schließen konnte, dass wir uns zum ersten Mal über etwas herzlich einig waren.

»Tut mir leid«, sagte ich. »Es ist schon eine Weile her, dass ich mich mit jemand Neuem getroffen habe. Normalerweise ziehe ich nicht die ganze Zeit über Menschen her, die es nur gut meinen.«

»Schade. Ich fing gerade an, dich ein bisschen zu mögen.«

Ich trank einen ordentlichen Schluck Bier, sagte zu Ian, dass er noch zwei bringen könne, und dann: »Jetzt du.«

»Jetzt ich was?«

»Erzähl mal. Du läufst also.«

»Ja. Seit ein paar Monaten.« Seine Stimme wurde etwas weicher.

»Fanatisch?«

»Ja, schon. Schon fanatisch.«

»Keine Anwandlung?«

»Wie meinst du das?«

»Ich meine, ob es nicht nur eine vorübergehende Laune ist. Ob du wirklich auf Dauer dabeibleiben willst.«

»Klar.«

»Na ja, das kommt vor. Zoë, meine kleine Tochter, wollte letztens unbedingt ein Kaninchen haben. Tagelang hat sie gequengelt. *Gebettelt.* Jetzt kümmert sie sich nicht mehr darum.«

»Ich dachte, du kannst es nicht leiden, wenn Leute einen behandeln, als wäre man unmündig.«

»Du hast recht. Entschuldige. Auf welchen Schuhen läufst du?«

Er antwortete nicht gleich, schien die Frage zu überhören. Dann raunte er: »Asics Nimbus.«

»Guter Schuh. Wie viele Kilometer sind schon drauf?«

»Schon drauf?«

»Wie viele Kilometer bist du damit gelaufen?«

»Pff. Weiß nicht. Ich hab die Schuhe jetzt fünf Monate. Also … sechs-, siebenhundert?«

»Siebenhundert in fünf Monaten. Das ist kein Pappenstiel.«

Wir unterhielten uns noch eine Weile übers Laufen. Das zweite Bier, das Ian uns brachte, machte es schon etwas leichter, und nach dem dritten ging es noch besser.

Ich fragte, was er beruflich mache.

»Ich möchte demnächst einen Laden eröffnen«, sagte er.

»Oha.«

»Ja. Ein Café. Nicht groß, höchstens achtzig Quadratmeter. Da kann man Musik hören. Und natürlich Kaffee trinken oder Tee.«

So lange hatte er bis jetzt noch nicht am Stück geredet.

»Hört sich gut an«, sagte ich.

Er sagte: »Ja. Normal, ohne Schnickschnack. Schlicht und ungekünstelt.«

Ich musste aufs Klo.

»Genehmigen wir uns noch eins?«, fragte er, als ich zurückkam. Es war inzwischen lauter geworden.

Er fragte, ob ich Bilder aus der Zeit im Kopf hätte, als ich noch sehen konnte. Das hatte mich noch nie jemand bei der ersten Begegnung gefragt, und ich musste kurz nachdenken.

Das Schwerste am allmählichen Verlust meines Augenlichts war nicht, dass ich womöglich meinen Beruf nicht mehr richtig ausüben konnte. Vielmehr: Sprache wurde noch wichtiger. Es kam noch stärker auf das richtige Wort an. Ich gewann ein größeres Gespür dafür. Kollegen lasen mir immer häufiger Passagen vor, weil ich ein unfehlbares Ohr dafür entwickelte, was lief oder was eben nicht und an welcher Stelle genau die Schieflage im Text war, der sie nicht auf die Spur kamen. Eine Zeitlang druckte ich Manuskripte in immer größerer Schrift aus, bis kaum noch fünfzig Wörter auf eine DIN-A4-Seite passten. Danach las ich an einem Bildschirm mit dicken weißen Buchstaben auf schwarzem Untergrund, und schließlich installierte ich eine Vorlese-Software. Die Werke englischsprachiger Autoren, die wir gegebenenfalls übersetzen lassen wollten, landeten immer häufiger bei mir, weil die Software für diese Texte am besten funktionierte.

Das Schwerste war auch nicht, dass ich auf der Straße gegen Laternenpfähle lief, was durchaus passierte, tolpatschig wie im Zeichentrickfilm, dass ich Geschirr von der Spüle stieß oder schlichtweg vergaß, ob die schrägen Auf- und Abstriche beim K nun nach links oder nach rechts zeigen.

Das Schwerste war nicht einmal, dass sich die Welt allmählich für mich verschloss. Dass Straßen und Räume verschluckt wurden und mir Formen und Farben abhandenkamen. Orange getönter Sommerregen, das Rauchweiß eines Wintermorgens, das blitzende Blech einer Fahrradklingel, das Dunkelrot, wenn kochendes Wasser auf frischgemahlenen Kaffee trifft.

Mitunter, in seltenen Momenten, gelingt es ihr noch – und ich sage *ihr*, Anna, nicht mir. Es gelingt ihr, sich mir zu übermitteln, mit ihrer Gestalt, ihren Farben, ihren Bewegungen, mit ihren Händen und ihrem Rücken und ihrem Mund, sie übermittelt das alles an mich, und dann fehlt es mir für diesen Augenblick an überhaupt nichts, denn was braucht man außerdem noch, was könnte es darüber hinaus geben, wenn sie sich mir mit allem, was sie ist, so nahebringt?

Nein, das Schwerste von allem, sagte ich an jenem Nachmittag zu Quentin, sei der Verlust von Erinnerungen. Weil ich heute mit dem Akt des Erinnerns den schwarzen Schleier der Gegenwart über sie legte. Und der bleibe: Beim nächsten Mal sei es schon eine Erinnerung an diese Erinnerung, eine Kopie einer Kopie. Bis eines Tages alle Formen und Farben weg seien.

Ich bekäme es manchmal mit der Angst zu tun, wenn ich an einen bestimmten Tag mit Zoë zurückdächte. Sie war sechs Monate alt, und wir hatten sie im Garten mit einem hellrosa Sonnenhütchen in einen Eimer Wasser gesetzt. Sie passte so gerade eben hinein. Ihre molligen Babyärmchen hingen über den Rand. Das Wasser schwappte heraus, wenn sie ihrem Vergnügen freien Lauf ließ. Die Markise war heruntergelassen, die Bäume leuchteten in hellem und dunklem Grün, und das Stimmengewirr von Besuch bei den Nachbarn wehte in unseren Garten herüber.

Aber die Gesichter hätte ich verloren. Das von Zoë und nicht viel später das von Anna.

»Ich glaube, ich verstehe«, sagte Quentin.

Wir zahlten und verabredeten uns für die Woche darauf.

*

Sein Atem ging schwerer als meiner. Trotzdem schlug er vor, die Stunde vollzumachen.

»Wie lange jetzt?«, fragte ich.

»Zweiundfünfzig«, stieß er hervor.

»Okay«, ächzte er acht Minuten später. Er drosselte das Tempo. Ich spürte, dass das Band nachgab, und nahm die Geschwindigkeit aus meinen Beinen. Unsere Unterschenkel berührten sich, und ich glaubte wieder ins Straucheln zu geraten, aber er fasste mein Handgelenk und half mir, stehen zu bleiben.

»Danke«, sagte ich. »Beinahe hätte ich wieder auf der Nase gelegen.«

Er sagte: »Ich hatte dich.«

Es war ein oder zwei Monate nach dem Nachmittag im Pub, und unser beider Kondition war langsam, aber sicher besser geworden. Ich hatte mich inzwischen daran gewöhnt, dass er sich auf ein Minimum an Worten beschränkte. Da ließ sich also kaum etwas aus Wortwahl, Intonation, Lautstärke und Sprechgeschwindigkeit ableiten. Der Rhythmus seiner Schritte, das Rascheln unserer Kleidung und das Ticken seines auf und ab hüpfenden Reißverschlussschiebers, das waren für mich die beruhigenden Geräusche geworden, die mir wenigstens ein bisschen über den erzählten, der neben mir lief. *Er* lief neben mir. An jenem Tag und allen anderen Tagen, an denen wir uns verabredeten. Dreimal die Woche. Nie sagte er ab, auch nicht an Feiertagen oder wenn es regnete und ich selbst lieber dieses eine Mal ausgelassen hätte. Er war immer pünktlich auf die Minute. Ich war ihm dankbar für diese Disziplin, die er auf mich übertrug, so wie er mich durch die Kurven mitzog, die wir zu laufen hatten.

»Du redest nicht viel«, sagte ich. Er schnaufte noch kurz aus und sagte dann etwas, aber anscheinend nicht in meine Richtung.

»Bitte?«

Er sagte: »Dann vergeude ich die Energie.«

»Wie meinst du das?«

»Wenn ich beim Laufen rumlabere. Dann halte ich weniger lange durch.«

»Aber ich muss dich schon hören.«

»Worüber willst du reden?«

Wir ließen es jetzt langsam austrudeln und kamen wieder zu Atem. Steinchen knirschten unter unseren Schuhen. In der Nähe waren Kinderstimmen zu hören.

»Warum du so fanatisch zu laufen angefangen hast, zum Beispiel.«

Er schwieg erst wieder eine Weile. Sagte dann: »Einfach so, um was zu tun zu haben.«

»Du hast aber gleich Ernst gemacht.«

»Das war ein Must.«

»Sagt wer?«

»Ich selbst.«

Wir bogen nach links ab, überquerten eine Brücke und spazierten ein Stück auf einem schmalen Kiesweg entlang, mit dem Wasser zur Linken, über dem der Wind freies Spiel hatte. Ein schrill trompetender Haubentaucher spurtete über das Wasser. Er scheuchte einen Artgenossen auf, und es gab Krawall.

Bei einer Wegbiegung vergaß er, etwas zu sagen. Er stieß gegen meine Schulter und sagte dann noch: »Hier links.«

Eine Zeitlang schwiegen wir vor uns hin. Da fing ich eben an zu erzählen.

»Zoë kam zur Welt, als ich schon nahezu blind war«, sagte ich. »Aber ich konnte noch ihre Umrisse erkennen. Ich habe sie, glaube ich, lachen gesehen. Wenn wir jetzt Besuch haben und jemand sagt, dass sie mir ähnelt, muss ich es halt glauben. Ich höre aber, dass sie wie Anna zu reden beginnt und auch von mir Ausdrucksweisen übernimmt. Ihre Stimme gewinnt an Charakter. Das baut mich auf. Aber ich kann nicht sehen, wessen Nase sie hat. Wenn ich sie manchmal hochhebe, bin ich erstaunt, wie viel schwerer und größer sie ist, als ich es in Erinnerung hatte. Und sie steht für mich noch in vieler anderer Hinsicht still. Ich sehe sie nicht wachsen, ich sehe nicht, wie sich ihre Motorik verfeinert, ich sehe nicht, wenn sie müde wird.«

»Warum erzählst du das jetzt?«, fragte Quentin.

Ich atmete tief ein. Der Park roch beinahe süßlich.

»Ich glaube, um zu verdeutlichen, dass die Zeit in gewisser Weise stillsteht, wenn du nicht mehr mit allen deinen Sinnen erfahren kannst, wie sie verstreicht.«

»Aha.«

»Verstehst du?«

»Denke schon.«

»Und das ist also für mich die Motivation zu laufen. Da verstreicht die Zeit sehr wohl. Nach einer größeren Strecke lege ich mich zu Hause der Länge nach auf die Couch, um zu fühlen, wie mein Körper reagiert. Meine Atmung und mein Herzschlag erholen sich, während meine Oberschenkel steif werden. Nach einer Stunde tapere ich wie ein alter Mann ins Badezimmer. Dass Zoë meine Gesichtszüge hat und schon aus den ersten Schühchen herausgewachsen ist … das weiß ich nicht, solange es mir niemand erzählt. Aber die Atmung, den Herzschlag und die Oberschenkel registriere ich selbst. Ich stecke die Zeit in meine Muskeln und meine Lunge, denn da fühle ich sie noch ticken.«

Er nickte. Ich glaube, er nickte.

Am nächsten Sonntagmorgen änderte sich etwas. Wir liefen unsere feste Runde durch den Park und befanden uns am entferntesten Punkt von daheim, als es plötzlich losschüttete. Nur ein kleiner Schauer, versicherten wir uns gegenseitig. Der macht uns nichts. Aber es hörte nicht auf, wie aus Kübeln zu gießen. Binnen fünf Minuten waren wir völlig durchnässt.

Der nächstmögliche Unterschlupf war gleich außerhalb des Parks unter einer Überführung. Dort wrangen wir das Wasser aus unseren Shirts. Er löste das Band von meinem Handgelenk und sagte: »Rührt euch!«

Er pirschte zwei, drei Minuten lang vor dem Regenvorhang auf und ab wie ein Tiger in einem zu kleinen Käfig. Ich setzte mich auf den Bordstein und horchte auf das alles erfüllende Rauschen des Regens.

Als es ihm lange genug gedauert hatte, sagte Quentin, dass er mal eben auf RegenRadar gucken würde. »Scheiße«, hörte ich ein paar Sekunden später. »Das hält noch ’ne Weile an.« Er stoppte die Messung der Lauf-App und las mir die Statistik vor. Ich sagte ihm jedes Mal, dass ich auf diesen ganzen modischen Schnickschnack verzichten und selbst einschätzen könne, wie gut oder schlecht es gegangen sei.

Dann setzte er sich neben mich.

»Du hast mich mal gefragt, wieso ich laufe«, sagte er.

»Ja.«

Er holte tief Luft.

»Ich hatte einen guten Freund. Mattias. Mein bester Freund, könnte man sagen. Wir kannten uns schon sehr lange. Als ich in Afghanistan stationiert war, war er der Einzige, der wirklich wissen wollte, wie es dort war. Der Einzige, der nicht über das schlechte Wetter in den Niederlanden laberte oder darüber, dass er so viel Stress im Job hatte. Er wollte wissen, was wir dort aßen, wie meine Tage aussahen, wie sich ein Bombenanschlag in der Gegend auf uns ausgewirkt hatte. Ob wir den Afghanen denn was beibringen konnten oder ob sie uns gleich das erste Gewehr, das wir ihnen in die Hand gaben, in den Rücken bohren würden. Mit Small Talk hatte er nichts am Hut. Er *interessierte* sich für solche Sachen.«

Es fiel mir nicht ein, irgendeine Zwischenfrage zu stellen. Ich wusste nicht mal, ob er überhaupt mit mir redete oder nur so vor sich hin räsonierte.

»Mattias war der Kreative von uns beiden. Wenn der eine Idee hatte … Ich zog einfach mit. Der Laden, von dem ich erzählte …«

»Das kleine Café?«

»Ja. Daraus wird nichts. Das war sein Plan. Unser Plan, später, aber ich kann so was gar nicht. Er hatte diesen … Unternehmergeist. Der steckte in seinen Genen.«

»Und jetzt?«

»Jetzt ist er nicht mehr da«, sagte er leise.

Schließlich hörte es auf zu regnen. Wir kamen unter der Überführung hervor. Die Sonne stach gleich wieder gleißend hell durch die Wolken.

Zwischen den Häusern zurück, sagte Quentin: »Hier in der Nähe hat er gewohnt. Da, in einem der Häuser da drüben.«

Ich drehte den Kopf und hoffte, dass er nichts merkte. Er merkte nichts. Er hatte es kurz vergessen.

»Da, mit den dunkelroten Dachziegeln. In der Reihe. Wir haben noch ein Waschbecken rausgebrochen, als sie das Haus gerade gekauft hatten. Da war ein Waschbecken im Schlafzimmer, und das musste raus. Wir also zu zweit draufgehauen. Volles Rohr. Bis nichts mehr übrig war. Ich glaube nicht, dass wir wirklich was gesagt haben, verstehst du? Vielleicht: Du noch 'n Kaffee? Oder: Gib das mal rüber.«

Eine halbe Minute lang waren nur unsere Schritte zu hören. Dann fuhr er fort.

»Abends lehnten wir in der Küche an der Spüle. Er hatte Heineken in Vorrat. In diesen kleinen grünen Glasflaschen. Ja, das sagt dir vielleicht nicht viel, aber früher waren sie braun.«

»Das weiß ich noch sehr gut.«

»Ja, na und jetzt sind sie hellgrün und durchsichtig. Wir fanden, dass das Bier dadurch viel leckerer aussah. Unser ganzes Gespräch plätscherte eigentlich so dahin. Komisch, dass ich das überhaupt behalten habe.«

»So was hat man nicht wirklich in der Hand, glaube ich.«

»Offensichtlich.«

»Wann kam denn der Plan mit dem Café auf?«

»Playlists. Den Namen hatte er sich auch ausgedacht. Bei jeder Bestellung sollte man einen Bon kriegen, auf dessen Rückseite die Playlist der Songs, die gerade gespielt wurden, abgedruckt war, so dass man sie zu Hause wiederfinden konnte. Und er wollte ein Abo-Modell wie bei Spotify. Kaffee, so viel man wollte, für einen Zwanziger im Monat. Damit die Kunden immer wiederkamen. Von dem Geld, das nicht verkonsumiert wurde, würden wir gratis Kaffee an Leute ausschenken, die bedürftig waren. Ich hatte schon ein passendes Ladenlokal gesehen. Wo gerade eine Gasse gesäubert worden war, die zum Hurenviertel gehört hatte; alles stand leer, und die Stadt wollte das Ganze aufhübschen. Hippe Läden in der Art, wie es uns vorschwebte, gehen überall gut. Vor allem in größeren Städten.«

Wir liefen weiter. Und mir war plötzlich klar, dass ich nicht fragen durfte, wie es ausgegangen war. Wo es aufgehört hatte. Nicht fragen durfte, was das Verstreichen der Zeit in seinem Fall bewirkt hatte. Also fragte ich einfach nur, welches Startkapital man dafür brauchte, und da fuhr er fort, wo er geblieben war, im selben Ton, aber deutlicher als an anderen Tagen, mit mehr Worten und umfänglicheren Sätzen.

»Ich denke, dass wir schon mit 25 000 ziemlich weit gekommen wären. Und die Bank war bereit, noch darüber hinauszugehen. Das war alles kein Problem. Für die Miete, das Inventar und um durch das erste Jahr zu kommen wäre gesorgt gewesen. Wir brauchten nur zu unterschreiben. Aber ich wollte noch etwas warten. Unseren Plan erst richtig ausarbeiten.«

»Hast du eigenes Geld reingesteckt?«

»Auch. Ich hatte was gespart. Er nicht so viel. Da musste ich schon ein Auge drauf haben.«

»Du warst der Finanzmann.«

»Ja, einer musste ein bisschen die Hand draufhalten. Er hatte im Internet einen alten Tresor gesehen, so ’n richtigen Trumm. Kostete ein Vermögen. Aber er wollte ihn unbedingt kaufen. Zum Drinsitzen.«

»Offline.«

»Bitte?«

»Weil man in so einem Tresor keinen Mobilfunkempfang hat. Leute, die sich da reinsetzen, wollen mal eben offline sein.«

»Na ja, so ähnlich.«

Er dachte lange nach und sagte dann: »Das ist echt keine schlechte Idee, Mann. Das hätte ihm gefallen.«

Wir spazierten immer noch weiter. Die Anspannung vom Laufen war längst aus meinen Beinen raus.

»Wir wollten das nicht machen, um Geld zu verdienen«, sagte er. »Weißt du, warum wir es machen wollten? Und auch das darfst du gern verrückt finden, Chris. Nein, wir wollten das machen, um morgens hinlaufen zu können und abends wieder weg. Ich würde frühmorgens bei ihm vorbeilaufen, um ihn abzuholen, wenn es gerade hell wird, weißt du, da meint man, in einer Straße zu sein, die von der Sonne abgewandt ist, und dann biegst du um die Ecke, und sie strahlt dir plötzlich voll ins Gesicht. Wir würden in aller Gemütsruhe zu unserem Laden stiefeln, während Leute gestresst auf ihrem Fahrrad saßen oder mit Handy am Ohr im Auto. Bisschen quatschen. Dann den Schlüssel ins Schloss stecken, Lichter an, Heizung an, Musik an. Alle Apparaturen putzen. Als würden wir den Morgen eigenhändig ankurbeln. Und dann am Ende des Tages die letzten Kunden mit freundlichem Geblödel rausbefördern, Musik und Heizung und Licht aus, Tür hinter uns zu. Auf dem Nachhauseweg würden wir noch irgendwo ein Bierchen trinken. Er mit Notizbuch vor sich, so einer war er ja. Immer aufschreiben, wie es so gelaufen war. Listen, Pläne, neue Playlists, Ideen für die Inneneinrichtung. Und dann anstoßen, aber nicht auf was Spezielles. Einfach so, auf die Selbstverständlichkeit eines Tages, der anfängt und wieder zu Ende geht.«

Er räusperte sich, und ich dachte, er würde noch mehr sagen, aber dem war nicht so.

In dieser Nacht lag ich wach. Ich war ja so borniert gewesen. Wochenlang. Monatelang. Hatte unaufhörlich über meinen Beruf und mein perfektes kleines Familienleben dahergeredet. Und von ihm nur angenommen: Er ist eben ein Stiller.

Ich sprach mit Anna darüber. »Vielleicht täte ihm einfach eine freundliche Geste gut«, meinte sie. »Du wolltest doch wieder mal mit Zoë an den Strand. Sie liegt mir schon die ganze Zeit damit in den Ohren. Da könntest du doch Quentin mitnehmen. Wenn er möchte. Wenn er das brauchen kann.«

Mir schien das nicht unbedingt etwas zu sein, was er brauchen konnte.

Ich beschloss, am nächsten Tag bei ihm vorbeizugehen. Am frühen Nachmittag brachte ich Zoë mit ihrem Schwimmzeug zu ihrer Oma und ging von dort weiter zu Quentin.

Es dauerte etwas, bis er aufmachte.

»He«, sagte er. Es klang, als sei er genauso unausgeschlafen wie ich. »Was ist los? Wir wollten doch erst Dienstag wieder …«

»Ja, aber ich dachte: Vielleicht ginge es jetzt auch?«

»Warte mal eben hier im Flur«, sagte er. »Dann zieh ich mich um. Fünf Minuten.«

Es wurde eine Katastrophe. Wir liefen, die Strecke vom Vortag noch in den Beinen, ein kürzeres Stück als sonst und sagten kein Wort. Auch beim Auslaufen blieb er stumm. Von dem Gespräch am Tag davor war nichts geblieben. Ich wusste auch nichts mehr zu fragen.

Als wir fast wieder bei mir waren, sagte ich spontan: »Ich hab noch 'ne Suppe im Gefrierfach. Hättest du Lust auf Suppe? Wir könnten sie warm machen.«

Anna war gerade mit Zoë zurück und deckte den Tisch, als wir reinkamen. Sie begrüßte Quentin, der sich genauso zaghaft und leise vorstellte, wie er es bei mir gemacht hatte, als wir uns dieses erste Mal bei Ian verabredet hatten.

»Ich habe schon von dir gehört«, sagte sie, während sie zwischen Küche und Esstisch hin und her lief. »Arbeitest du nicht in diesem schicken Hamburgerladen im Zentrum? Der neu aufgemacht hat?«

»Na ja, neu ist er nicht mehr«, sagte er. »Der ist da schon seit ein paar Jahren. Und ich arbeite da auch nicht mehr, glaube ich.«

Als wir ins Wohnzimmer gingen, war er sprachlos. Anna hatte, gleich als wir hereinkamen, den Beschluss gefasst, dass er zum Essen bleiben könne, und den Tisch schnell für vier gedeckt. Mir kam erst später der Gedanke, dass es vielleicht ausgesehen hatte wie eine Art Überraschungsmahl, wohin ich ihn gelotst hatte.

Beim Essen sagten wir kaum etwas. Zoë nutzte die Gelegenheit, um minutiös von ihrem Nachmittag im Schwimmbad zu berichten.

Nicht viel später standen wir an der Haustür.

»Alles okay?«, fragte ich.

Er zog die Schultern hoch.

Da sagte ich: »Du hast mir nie erzählt, was mit Mattias passiert ist.«

»Muss ich das?«

»Nein, das nicht …«

»Bist du deswegen heute vorbeigekommen?«

»Nein«, setzte ich wieder an, aber vielleicht war es doch so. Ich begriff, wie ich ihm damit die Kehle zugeschnürt hatte, und da setzte es bei mir auch aus, wie beim Kandidaten einer Spielshow, der die letzten Sekunden seiner Bedenkzeit runterticken hört und nur noch daran denken kann, tick, tick, tick, nicht mehr an die eventuell richtige Antwort, und so öffnete Quentin die Tür und war fort.

*

Kannst du dich entsinnen, dass du als kleines Kind zum Horizont geblickt hast? Ich nicht. Der Horizont existierte für mich erst, als ich das Wort dafür lernte. Da wusste ich erst, wohin ich gucken musste.

Zoë lief neben mir. Manchmal ließ ich sie unbewusst hinter mir, weil sie bei jedem Schritt in den schweren Sand einsank und stehen blieb, um sich zu bücken und Sand in die gehöhlte Hand zu schöpfen.

Quentin hatte in den Wochen davor nicht auf meine SMS reagiert. Er ging auch nicht ans Telefon, wenn ich anrief. Ich machte mir ein paar Tage lang vor, dass mir das vor allem stank, weil mein Trainingsprogramm unterbrochen war.

Für Zoë existiert der Horizont noch nicht. Ihre Welt hat einen Radius, der mit dem meines Tastsinns vergleichbar ist. Was besteht, besteht um sie herum, innerhalb von höchstens anderthalb Metern. Das macht sie zu meiner wichtigsten Verbündeten, bis sie mir entwachsen sein wird, bis jemand ihr erzählt, was ein Horizont ist und wohin sie gucken muss.

Gerade diese Eigenschaften meiner Tochter waren an dem Tag am Strand hilfreich. Ich merkte, dass unser Herzschlag den gleichen Rhythmus annahm und sich meine Atmung auf ihr Laufen einstellte, so wie sich beides bei Quentin und mir auf die Dauer angeglichen hatte. Ich schloss die Augen gegen die Sonne und hörte den Geschichten zu, die dieser Ausbund von Leben ausschüttete, sie, die noch dachte, ich hätte die Welt unter Kontrolle, ich sei der Vater, der den Regen abstellen kann, der mit einem Stock sehen kann und der alles aus dem Laden mitnehmen darf, wenn er nur eine kleine Karte hochhält.

Es war nicht viel Betrieb, so dass ich sie leichter in meiner Nähe behalten konnte. Unten am Wasser blieben wir stehen. Ihre Schritte entfernten sich kurz von mir und kehrten zurück, zusammen mit ihrer Stimme.

»Papa, Papa, guck mal, ich hab was gefunden.«

Dass ich blind war, kam ihr schon seit Monaten langsam zu Bewusstsein. Manchmal konnte sie plötzlich von sich aus sagen »Papa ist blind«, ohne das freilich noch mit Schlussfolgerungen zu verknüpfen, denn sie wollte mich nach wie vor alles Mögliche sehen lassen. Ein Spielzeug, einen gefundenen Zweig oder jetzt das. Einmal kam sie mich von unten holen, weil sie mir ihre neue Bettwäsche zeigen wollte. Ich setzte mich neben sie auf das kleine Bett, ihre Stimme so aufgeweckt und lieb, strich über den neuen Bettüberzug und bestätigte: Papa findet ihn sehr schön.

Jetzt hatte sie also etwas gefunden. Ich ging in die Hocke. »Lass mal sehen«, sagte ich und streckte die Hand aus. Sie legte ein frühstückstellergroßes rundes Plastikteil mit umgebogenen Rändern darauf. Ich beklopfte es mit den Fingerknöcheln und fuhr mit der Hand darüber.

»Ein Frisbee«, sagte ich.

»Was ist das?«

»Das hier. Das ist ein Frisbee. Das kann man sich zuwerfen.«

»Können wir uns das zuwerfen?«

Gerade als ich ihr darauf antworten wollte, kam jemand zu uns hin. Der Besitzer des Frisbees natürlich. Ich sagte: »Gib's mal zurück, Zoë.«

Aber ich hörte »He«, und erkannte die Stimme.

Zoë sagte: »Du warst bei uns zu Hause.«

»Quent.«

»Ja.«

»Was machst du denn hier?«

»Eigentlich wollte ich dir das Armband zurückbringen und war deswegen bei dir zu Hause. Dann kannst du dir einen anderen … Guide suchen. Einen anderen Kumpel. Aber du warst nicht da. Anna machte auf und sagte, dass du hier bist. Und so bin ich jetzt auch hier.«

»Um mir das Band zu bringen?«

Er kam ein paar Schritte näher.

»Ich denke. Hier.«

Er drückte es mir in die Hand und entfernte sich wieder.

»Warte mal«, sagte ich. »Warte mal eben.«

»Was?«

»Bist du schon weg?«

Der Wind frischte auf.

»Nein«, hörte ich. »Ich stehe hier.«

Ich hatte mir gar nicht überlegt, was ich eigentlich sagen wollte. Zog die Schultern hoch und meinte: »Ich brauche nicht mehr zu erfahren als das, was du mir erzählen möchtest.«

»Geht auch nicht.«

»Das weiß ich.« Wieder frischte der Wind auf. »Aber du kannst auch nicht einfach abhauen. Ich meine … Quent, ich meine, du könntest dich dafür entscheiden, jetzt nicht zu gehen.«

Vielleicht war er schon gegangen.

Ich sagte: »Du könntest dableiben.«

Er war noch da, glaubte ich, denn ich hörte, dass Zoë jemandem das Frisbee zeigte. Halb vom Wind verweht, hörte ich sie sagen: »Ich hab das hier.«

»Ich weiß, dass du mich nicht brauchst«, sagte ich noch.

Aber er antwortete nicht.

Doch er war noch da, denn ich hörte ihn mit Zoë reden. Ihre Stimmen wurden ab und zu schwächer, und dann ging ich ein Stück, um sie wieder in Hörweite zu haben. Solange ich ihre Stimmen hörte, war alles gut.

Gerade als ich fragen wollte, was sie denn machten, fühlte ich seine Hand an meinem Ellbogen.

»Komm mal her, sie ist voll in Aktion.«

Ich setzte mich, und die Zeit verstrich stumm und unsichtbar. Hätte ich darüber hinausschauen können, auf die Wochen danach, die Monate danach, auf das, was ich jetzt weiß, dann hätte ich uns gesehen, beim Halbmarathon. Dass er sagte: »Noch zwei Kilometer«, und dass ich sagte, ich hätte noch Körner für einen Endspurt. Er nicht, sagte er, also behielten wir das Tempo bei, das Band, das er mir an dem Tag am Strand hatte zurückgeben wollen, tanzte zwischen unseren Handgelenken, die Zuschauer entlang der Straße schrien uns zu, und auf dem letzten Kilometer konnte ich ihn fast nicht mehr verstehen, nur seinen Countdown: »Noch achthundert Meter, noch fünfhundert, noch dreihundert, noch hundert, Chris, blinder Chris. Verdammt, blinder Chris, du schaffst es, Mann.«

Das Meer rauschte, und dann legte sich der Wind, und ich spürte die Sonne. Ich entnahm den kurzen Wortwechseln mit Quentin die Konzentration meiner Tochter.

»Nicht zu nah ans Wasser. Dann ist sie schwupps wieder weg.«

»Ja.«

»Hier liegen noch Muscheln.«

»Aber die sind alle kaputt.«

»Hat sie Fenster? Richtige haben keine Fenster.«

»Meine aber wohl.«

Eine Zeitlang hörte ich zu, ohne mich einzumischen.

»Quent?«, sagte ich dann.

»Jep.«

»Was ist passiert?«

Er kam etwas näher.

»Er … Diese Schießerei im Feathers.«

Mir lief ein Schauer über den Rücken.

»Er war dort?« Es scheuerte in meiner Kehle.

»Er war dort.«

Ich streckte die Hand aus und fand seinen Oberarm. Er verharrte ein paar Sekunden so, und ich auch, und dann wandte er sich von mir ab. Ich hörte ihn sagen: »Toll. Ist ganz toll geworden.«

»Was ist es?«, fragte ich.

Er kam zu mir, fasste mich wieder beim Ellenbogen und half mir auf. »Hierher«, sagte er. Ich ging ein paar Meter weit.

»Pass auf mit deinem Stock. Du machst sie noch kaputt.«

Wir blieben stehen.

»Und das ist der Burggraben.«

Ich ging in die Hocke und tastete. Wasser lief mir um die Knöchel. Ich sank ein paar Zentimeter ein, als es sich wieder zurückzog und Sand mitnahm. Dann kam Zoë mit umsichtigen, platschenden Schritten näher und schmiegte sich an mich.

Tirra

Der Husten hatte vor einem halben Jahr angefangen, eines Nachts in den Weihnachtsferien. Sie saß stundenlang bei ihm auf der Bettkante, die Hand beschwörend auf seine Brust gelegt. Sie zählte die Atemzüge und wartete, bis es Tag wurde.

In den Wochen danach wurde es schlimmer. Immer öfter wollte er nachts bei seiner Mutter sein. Ihr Schlaf wurde leichter, weil sie auf jeden Laut aus dem Zimmer neben ihr bedacht war. Manchmal wachte er würgend auf, dicken Schleim an den Wangeninnenseiten. Regelmäßig hörte sie ihn mit schwacher Stimme rufen. Mama, Mama. Dann ging sie zu ihm hinüber und legte sich in dem kleinen Bett neben ihn. Ihr Gewicht drückte eine tiefere Kuhle in die dünne Matratze, so dass er an sie heranrollte und ihren Atemrhythmus übernahm, und so schliefen sie dann wieder ein, gnädig angenommen von ihrer beider Müdigkeit.

Es gab Nächte, da auch das nichts half und seine braunen Augen am nächsten Tag starr und nicht wiederzuerkennen waren. Dann musste sie ihn zu Hause behalten, konnte ihn nicht zur Schule schicken. Manchmal half es, wenn sie nachmittags mit ihm an den Strand fuhr, wo ihm das Atmen leichterfiel. Dann schaute sie auf dem Nachhauseweg im Rückspiegel zu, wie er hinten auf der Sitzbank endlich einnickte.

Irgendjemand meinte: »Es könnte von den Katzenhaaren kommen.«

Also sagte sie an einem Montagabend, als er mit nassen Haaren vom Duschen auf der Küchentheke saß, während sie Paprikagemüse schnitt: »Weißt du noch, dass du manchmal krank wirst, Schatz? Dass du husten musst und fast keine Luft mehr bekommst?«

Er nickte.

»Das kann durch Sheera kommen.«

Er sah sie verständnislos an.

»Es kann sein, dass du von Sheera krank wirst.«

Er schüttelte heftig den Kopf. »Nein.«

»Sheera haart. Sie macht das ja auch nicht mit Absicht. Aber die Haare fliegen in der Wohnung herum, und du atmest sie ein. Manche Kinder vertragen das nicht.«

In dieser Nacht taten sie beide kein Auge zu.

Am nächsten Tag legte Tirra die kleine Decke in den Katzentransportkorb. Sie rief Sheera, streute ein paar Brocken hinten in den Korb, wartete, bis das hellbraun-schwarz-gefleckte Tier hineingelaufen war, machte das Türchen zu und radelte zu einer Freundin vom Sprachkurs, die vor ein paar Tagen gesagt hatte, dass sie die Katze noch dazunehmen könne.

In den Tagen danach sagte Noah jede Stunde einmal, dass Sheera ihm fehle. Er hörte dann immer auf zu spielen, als sei das eine ganz frische Empfindung, und spielte eine Minute später wieder weiter.

Sie kämpfte mit Gewissensbissen. Und so setzte sie ihn ins Auto und fuhr mit ihm zum Zoogeschäft. Er durfte sich eine Schildkröte aussuchen. »Davon wirst du nicht krank.«

Über einen Aushang an der Pinnwand vom Supermarkt kam sie an ein Terrarium. Als sie es abholten, sagte der Mann, der es verkaufte, dass man Schildkröten eine Freude machen könne, wenn man sie hin und wieder herausnahm und unter Aufsicht in etwas Wasser setzte.

Also nahm Noah an diesem Samstagvormittag mit Edward vor dem Fernseher Platz. Wenn Edward in die falsche Richtung schaute, hob Noah ihn mit beiden Händen hoch und drehte ihn um. »Du musst aber schon aufpassen.«

Als Tirra ins Wohnzimmer kam, löste er den Blick vom Bildschirm und sah seine Mutter an.

Ob Edward das auch gefalle, fragte er.

»Ob Edward was gefällt, Schatz?«

Noah zeigte zum Fernseher. *»Pingu.«*

Auf dem Bildschirm war der Glockenturm des Pinguins eingestürzt. Seine dicken Tränen bildeten einen Pfütze auf dem Boden.

»Bist du nicht schon etwas zu alt für *Pingu,* Schatz?«

Er zeigte auf seine Seite, wo die junge Schildkröte stand, in der durchsichtigen Box vom Haushaltsladen, in die sie ein klein wenig Wasser gefüllt hatten. »Das ist für Edward.«

Noah legte freundschaftlich den Arm um das Tier.

Sein Körper zog sich plötzlich krampfartig zusammen. Sie sah es. Er hielt sich die Hand vor den Mund.

»Musst du wieder husten, Schatz?«

Er verlegte seine Aufmerksamkeit auf den Fernseher, als wäre nichts passiert, und sagte: »Nein. Nur *ein* Mal.«

Tirra schaute ihn weiter an. Es grämte sie manchmal, dass sie nicht in ein einziges Gefühl fassen konnte, was ihr Söhnchen für sie war. Dass es ihr nicht möglich zu sein schien, etwas in sich wachzurufen, worin alles enthalten war, was ihn ausmachte. Da war immer noch mehr. Wenn sie mit jemandem über Noah sprach – und sie tat damals nichts lieber als das –, konnte sie natürlich sagen, dass er clever war, neugierig, tierlieb. Dass er gut in der Schule war. Aber damit zeichnete sie nicht sein Gesicht nach, damit fuhr sie ihm nicht durch das dunkle Haar, damit sagte sie nichts über seine samtbraunen Augen. In solchen Momenten – und ihn so auf dem Sofa sitzen zu sehen, mit dem Arm um die Plastikbox, war so ein Moment – schien nicht einfach nur ihr Wortschatz unzureichend zu sein, sondern vor allem ihr Vermögen, das alles gleichzeitig erfahren zu können.

Wie konnte sie ihm gerecht werden, wenn schon das, was er jetzt war, als Achtjähriger an einem Samstagvormittag, von ihren Sinnen offenbar nicht vollständig erfasst werden konnte?

Am gleichen Nachmittag war er zu einem Geburtstag eingeladen. Das wurde er sonst nie, aber dieser Junge hatte einfach allen eine Einladungskarte gegeben. Tirra würde ihn hinbringen und dann zu ihrer Arbeitsstelle fahren.

Sie nahm Edward aus der Box und setzte ihn wieder in sein Terrarium, während Noah die Sachen anzog, die sie auf seinem Bett für ihn bereitgelegt hatte. Als er wieder ins Wohnzimmer kam, in seiner coolen Jeansjacke, hockte sie sich neben ihn. Sie schrieb eine Telefonnummer auf ein Stück Papier, das sie aus dem Anzeigenblättchen herausgerissen hatte, steckte es zusammengefaltet in die Brusttasche seiner Jacke und sagte: »Die lässt du da schön drin.«

Er hielt den Blick geradeaus gerichtet, als werde ihm ein Orden angeheftet. Erst mit ein paar Sekunden Verzögerung schien er richtig über das nachgedacht zu haben, was seine Mutter gesagt hatte.

»Was is 'n das?«

»Das ist die Telefonnummer von da, wo ich nachher bin.«

»Warum?«

»Falls etwas mit dir ist, komme ich dich dann holen.«

»Ich will aber nicht, dass du kommst.«

»Wieso denn nicht?«

»Wenn ich spiele. Ich will nicht, dass du kommst, wenn ich spiele.«

»In Ordnung«, sagte sie. »Mama kommt nicht, wenn du einfach nur spielst. Dann komme ich wie abgemacht am späten Nachmittag, wenn die anderen auch nach Hause gehen.«

»Nicht früher.«

»Nein, nicht früher.«

»Ich huste auch nicht.«

»Das kannst du nicht wissen.«

»Brian hustet auch nie.«

»Jeder ist anders, Schatz.«

Er zupfte den Zettel aus seiner Brusttasche, zerknüllte ihn und warf ihn auf den Boden.

Sie ging mit ihm zum Auto, und zehn Minuten später drückte sie auf die Klingel. Noah war der Erste. An der Decke hingen Wimpelgirlanden. Brians Eltern waren beide groß und blond. Sie standen Arm in Arm neben einer exklusiven Kaffeemaschine an der Arbeitsplatte ihrer riesigen Küche.

Tirra wartete, bis Noah außer Sichtweite war, und reichte dann Brians Mutter den zerknitterten Zettel. »Hier bin ich heute Nachmittag zu erreichen.« Sie wies zum Wohnzimmer hinüber, wo Noah versuchte, Brians Aufmerksamkeit zu gewinnen. »Manchmal muss er husten. Dann kriegt er keine Luft. Wenn es zu schlimm wird, können Sie mich anrufen. Dann komme ich sofort.«

»Oje, hat er Asthma?«, fragte die Mutter mit schiefgelegtem Kopf.

»Was?«

»Das hört sich nach Asthma an. Haben Sie ihn schon mal auf Asthma testen lassen?«

»Ja. Wir gehen nächste Woche hin. Wir haben einen Termin. Meistens geht es gut. Aber wenn nicht …« Tirra zögerte kurz. Sie deutete auf den Zettel. »Wenn nicht, dann können Sie mich anrufen.«

Noah reagierte nicht, als sie noch rasch einen Schritt ins Wohnzimmer machte, um sich von ihm zu verabschieden. Zu den Eltern sagte sie: »Vielen Dank. Ich muss jetzt gehen.«

Im Auto rauchte sie drei Zigaretten. Die Sonne stand tief und schob sich so an den Häusern entlang, dass sie genau durch die Windschutzscheibe zu ihr hereinscheinen konnte. Die Wärme des Tages nistete sich in dem eingerissenen schwarzen Bezug vom Beifahrersitz ein.

Sie hatte vor ein paar Jahren damit angefangen, als sie gerade in die Niederlande gekommen waren und Noah sich noch nicht fragte, was rauchen ist. Es kam durch den Stress, dass sie damit angefangen hatte. Es erleichterte sie.

Jetzt, da er Bescheid wusste, rauchte sie nur noch draußen vor der Haustür und im Auto.

Als er einmal fragte, was ein Vater sei, sagte sie: »Das ist jemand, der für dich sorgt. Genau wie deine Mutter.«

»Mein Vater auch?«

»Nein, dein Vater nicht. Oft sind Väter die Versorger. Aber dein Vater nicht.«

»Warum nicht?«

»Weil wir auch zu zweit auskommen.«

Dreimal hatte Tirra Noahs Vater verlassen.

Bevor sie in die Niederlande kamen, hatte sie sich bei ihm immer geborgen gefühlt. Zu schlagen begann er sie erst, als sie hier waren.

Hinterher sagte er natürlich immer, dass es ihm leidtue. Dass er das nicht gewollt habe. Dass der Stress schuld sei. Der Krieg. Die Gefahren. Dass sie es ihm nicht übelnehmen dürfe.

Und das tat sie anfangs auch nicht. Es war für sie beide schwer. Sie schliefen schlecht. Er kam einfach nicht an Arbeit. Die Nachbarn schauten ihnen auf der Straße nach. Das Geld, das ihre Familie geschickt hatte, damit sie sich ein Auto kaufen konnten, wurde ihm aus der Manteltasche gestohlen.

Wenn ihm also alles zu viel wurde, konnte es passieren. Unvermittelt, anfangs immer unvermittelt. Er fasste sie zu hart an oder drückte sie gegen die Wand. Nicht schlimm genug, dass es bleibende Spuren an ihrem Körper hinterließ, und dadurch vergaß sie es selbst auch schneller.

Sie begann die Muster zu erkennen. Eine gewisse Aggressivität im Ton, härtere Mitlaute, auf der Suche nach verwundbaren Stellen bei ihr. Zuerst mit

Schroffheit: wieso, was denn, was willst du. Danach mit seinen Händen.

Sie hoffte, dass Noah ihn verändern würde. Dass er mehr Vater als Mann werden würde, wenn er seinen eigenen Sohn aufwachsen sah. Darauf wartete sie, bis sie nicht mehr darauf wartete.

Zweimal zog sie zu einer Freundin, zweimal ließ sie sich überreden, zu ihm zurückzukommen. Als sie ihn endgültig verlassen hatte, begann er ihr zu drohen. Er sagte: »Wir behalten dich im Auge.« Als hätte er Leute dafür.

Nach einem halben Jahr ließ das nach. Manchmal glaubte sie ihn noch zu sehen, und dann schlug ihr das Herz gleich wieder bis zum Hals.

Ein paar Monate später wusste ein Bekannter zu erzählen, dass er in eine andere Stadt gezogen sei. An dem Sonntag holten sie sich eine kleine Katze und nannten sie Sheera.

»Wir haben etwas zu feiern«, sagte sie zu Noah.

Schon bei ihrer ersten Putzstelle klingelte das Telefon. Tirra wusste sofort, was ihr blühte. Sie war gerade dabei, die Polster aufs Sofa zurückzulegen, nachdem sie sie abgesaugt hatte. Sie nahm ab. Es war der große blonde Vater.

Er sagte: »Sie sollten lieber mal herkommen.«

Unterwegs im Auto schämte sie sich. Dass sie

ihn diesen Leuten aufgehalst hatte. Dass sie gesagt hatte: Bitte schön, eine Handgranate. Der Sicherungsstift kann leicht abfallen, ich garantiere also für nichts.

»Da sitzt er«, sagte Brians Mutter, als Tirra schwitzend eingetreten war. Sie zeigte in eine Ecke des Zimmers, wo ein etwa einen Meter hohes Spielhaus stand. Die anderen Jungen rannten draußen im Garten herum. Aus dem ersten Stock kamen Mädchenstimmen. Noah hockte allein da und putzte sich die Nase am unteren Rand seines Shirts ab, das schon halb nass war. Er fing an zu weinen, als er seine Mutter sah.

Und gleich schüttelte ihn wieder heftiger Husten, und er krümmte sich vor Schmerzen. Mit zugekniffenen Augen stieß er hervor: »Ich komm nicht mit. Du hast gesagt, dass ich krank werde.«

Sie beugte sich zum Spielhaus hinunter.

»Mama hat das doch auch nicht in der Hand, Schatz.«

»Jetzt hast du, was du wolltest.«

Es pfiff in seiner Nase, so schwer ging sein Atem.

Sie wurde böse auf ihn. Weil sich zu viel angehäuft hatte und sie mit ihrer Geduld am Ende war. Obwohl sie die Blicke dieses ekelhaft perfekten niederländischen Paars im Rücken spürte, von oben aus den aufgehängten Wimpeln herab, fasste sie ihn irritiert beim Oberarm und zog ihn aus dem Spielhaus heraus. »Und jetzt kommst du mit«, zischte sie durch die Zähne.

Die anderen winkten ihm nicht nach. Niemand schenkte ihm Beachtung. Wie ein geprügelter Hund kroch er ins Auto, wo er hustend und niesend neben ihr saß.

Als sie aus der Straße hinausgefahren waren, zog er das Päckchen Zigaretten unter dem Beifahrersitz hervor, studierte es, hielt es in die Höhe und fragte: »Wem gehören die hier?«

*

So kommt dieser Tag vor nunmehr fünfzehn Jahren wieder hoch, unter Stocken und Zagen. Die beiden Frauen unterbrechen sich gegenseitig, entschuldigen sich dafür: Tut mir leid, Sie waren dran. Sie nimmt den Faden wieder auf und redet weiter, es geht ganz von selbst, bis sie fast zu schnell ist, um noch rechtzeitig bremsen zu können.

Die Frau sitzt auf dem Sofa, Tirra in einem Sessel ihr gegenüber. Nicht mal ein Meter zwischen ihnen. Es ist schon nach halb drei. Welche Worte ihre Lippen formen, ist mit bloßem Auge fast nicht mehr zu sehen.

Was tut sie hier? Was kann sie damit gewinnen?

Aber es musste sein. Seit jenem Abend bei dem Verein zur Sprachförderung, wo sie sich angemeldet hatte, als sie nicht mehr weiterwusste. Sie zog sich an den Gesprächen mit Fremden hoch, die wie sie nach etwas suchten. Dort entstanden an einem Abend Freundschaften, die genauso schnell wieder vergessen waren. Und dort hörte sie von dieser Niederländerin, dort hinten in der Ecke am Fenster, die da, siehst du sie?, und welchen Schicksalsschlag sie erlitten hatte.

Zuerst war sie der Frau wochenlang aus dem Weg gegangen, weil sie sich vor dem Abgrund fürchtete, der sich auftun würde, wenn sie ihr in die Augen schaute.

Aber das änderte sich. Sie entwickelte das unerklärliche Bedürfnis, ihre Nähe zu suchen. Sich zu ihr zu stellen. Sie wollte etwas von ihren Gesprächen auffangen, wissen, worüber sie redete. Sie lauschte auf die Tönungen ihrer Stimme. Sie wollte sehen und hören, wie sie hinterher mit metallischem Klicken ihr Fahrrad aufschloss. Sie wollte ihr nach.

Also ging sie mit, als sie von dem Essen erfuhr.

Am Tisch war sie still. Einsam in der zu großen Gesellschaft. Aber als die anderen nacheinander gingen, blieb sie.

Und jetzt sitzen sie hier.

»Wie geht es denn jetzt?«, fragt die Frau. Ihre Stimme klingt müde, ihre Augen sind klein. »Mit dem Husten?«

»Es ging besser«, antwortet Tirra. »Je älter er wurde. Später ging es besser.«

Später.

Wie viel mehr kann sie noch erzählen?

Sie könnte noch erzählen, dass Noah nie Freunde mit nach Hause brachte. Dass er zu keinen weiteren Geburtstagsfeiern eingeladen wurde. Sie könnte erzählen, dass sie sich Sorgen um ihren Sohn machte, als er in die Pubertät kam. Dass er manchmal betrunken nach Hause kam, dass sie in seinem Zimmer Joints fand. Dass sie nicht mehr miteinander redeten, nicht richtig. Dass sie mal befürchtete, er hätte eine strenge Vaterfigur gebraucht, und sie mal die Angst plagte, dass gerade der Vater, den er gehabt hatte, eine Saat in ihm angelegt hatte, die jetzt aufzugehen begann.

In einer Religionsstunde prügelte er sich mit einem Mitschüler. Heftige Diskussion, Geschrei, ein Lehrer, der es vorzog, nicht einzugreifen. Ein Handgemenge. Eine regelrechte Schlägerei. Im Klassenzimmer. Sie schickten ihn nach Hause.

Gegenüber seiner Mutter zuckte er die Achseln. »Auge um Auge, Zahn um Zahn«, sagte er.

»Bis wir alle Blinde mit Kunstgebiss sind.«

»Er eher als ich.«

Noah wurde für eine Woche der Schule verwiesen. Als sie ihn danach zu einer Unterredung beim Direktor begleitete, glaubte sie, das Schlimmste sei überstanden. Dem war aber nicht so. Dieser andere Junge war mit ein paar Freunden zur Schulleitung gegangen, um zu behaupten, Noah sei einer mit »gruseligem Gedankengut«.

Am selben Nachmittag rückten Polizisten an, um sein Zimmer zu durchsuchen. Sie fanden nichts. Da war nichts. Aber Noah zerbrach. Das war der Anfang vom Ende.

Einige Wochen später liefen sie zusammen durch die Stadt. Sie hatten Besorgungen fürs Abendessen gemacht und danach noch eine handbemalte Keramikschale gekauft. Er trug die Plastiktüten. Als sie gerade die Fußgängerzone verlassen hatten, hörten sie hinter sich die Hupe eines Elektromobils und die unwirsche Stimme eines älteren Mannes. Sie drehten sich um.

»Hopp, zur Seite«, rief der Mann und fuchtelte mit der Hand. »*Da* gehen. Bei uns gibt es Regeln.«

Sie entschuldigte sich, wollte keinen Ärger. Ging beiseite. Aber Noah blieb stehen.

»Du nicht verstehen?«, sagte der Mann. »Du etwa beschränkt?«

Passanten blieben stehen.

Dann ging alles ganz schnell. Noah drehte sich um und ging halsstarrig weiter mitten auf der Straße. Der Mann setzte sich in Bewegung, steuerte geradewegs auf ihn zu und fuhr ihm in die Hacken. Noah knickte um. Eine der Tragetaschen fiel ihm aus der Hand. Die Schale zerbrach.

Alle schauten zu. Da nahm er die Tasche des Mannes aus dem Korb vorn an dessen Lenker und schleuderte sie ins Wasser.

Die Polizei war binnen fünf Minuten da. Einer der Umstehenden hatte die Tasche aus dem Wasser gefischt, die anderen erboten sich als Augenzeugen. Noah musste mit aufs Revier.

Er verpasste ein Vorstellungsgespräch, das er an diesem Nachmittag haben sollte. Er wurde kein zweites Mal eingeladen.

Sie könnte noch erzählen, dass er schreckhaft wurde, sich schnell in die Enge getrieben fühlte und sich deswegen abzusondern begann. Dass er nicht mehr auf der Straße Fußball spielte, ihr Noah, der das sonst immer gemacht hatte. Dass er sitzenblieb, auf eine andere Schule wollte und kurz danach auf überhaupt keine Schule mehr. Dass er größer und stärker wurde als sie. Dass er ihr gegenüber zwar nie gewalttätig war, nie, aber sich, wie sie wusste, täglich auf der Straße prügelte. Und dass er sich mit den falschen Typen abgab.

Dass er seinen Vater aufsuchen wollte, was sie ihm zu verbieten suchte, sie flehte ihn an, es nicht zu tun, konnte ihn aber schlichtweg nicht daran hindern. Tagelang war er weg. Als er zurückkam, sagte er, er habe ihn nicht gefunden. Sie versuchte ihn zu umarmen, doch seine abwehrende Schulter war im Weg.

Dass sie wirklich alles getan hatte. Aber nichts geholfen hatte. Dass Kristianne das glauben müsse, das mehr als alles andere: dass nichts geholfen hatte, was sie auch versuchte.

Wenn sie das alles erzählt hätte, wäre sie fast so weit gewesen. Die Spannung hätte sich in ihrer Brust verdichtet, sie hätte die Hand daraufgelegt und weiterzureden versucht. Weil es dann keinen Weg zurück mehr gegeben hätte.

Sie hätte seinen Namen noch einmal sagen können: mein Noah.

Es wäre eine Erlösung gewesen. Was immer danach auch passiert wäre, ob sie schreien, kreischen, weinen, treten, schlagen, mit Gegenständen werfen, das ganze Haus wecken, Nachbarn auf den Plan rufen würde: Es hätte sie von etwas erlöst.

Dass er immer böse war, auf alle. Seine Zimmertür verbarrikadierte und mit siebzehn auszog. Bei einem Freund wohnte. Dass sie ihn monatelang nicht sah, bis sie ihm einmal auf der Straße begegnete. Er war dünn, seine Augen lagen tief in den Höhlen.

Dass er gesagt hatte: Du bleibst meine Mutter.

Dass sie gesagt hatte: Dann komm doch nach Hause.

Dass er gesagt hatte: Das geht nicht mehr.

Dass sie von anderen hörte, er habe doch wieder mit der Schule angefangen. Mache ein Brückenjahr. Stolz auf Distanz.

Dass es gut hätte ausgehen können.

Dass es nicht gut ausging.

Sie hätte den Namen immer wieder sagen können, bis es Kristianne gedämmert hätte.

Noah.

Noah.

Der Name, den *sie* ihm gegeben hatte, der Name, mit dem sie nachts wach wurde, leichter Schlaf unter schweren Decken.

Sie hätten sich beide nicht gerührt. Sie hätte Kristianne im Dunkeln angesehen. Sich gezwungen, sie unverwandt anzusehen. Sie hätte sich gewappnet. Für den Moment, da es ihr dämmern würde.

Noah.

Dann, leise: *»Nouh.«*

Und Kristianne: *»Nouh S.«*

Dass sie, während Augen aufgerissen wurden, noch gesagt hätte: So hatte sein Vater ihn genannt. So stand es in seinem Pass.

Alle paar Minuten wurde sie angerufen, in den Tagen nachdem es passiert war. Lauter unbekannte Nummern. Sie nahm ab, jedes Mal. Weil sie dachte, was natürlich dumm war, dass es die Polizei wäre, die ihr mitteilen wollte, dass man einen Fehler gemacht habe. Dass der wirkliche Täter Noahs Ausweis gestohlen habe. So abwegig war der Gedanke nicht. So etwas konnte passieren.

Aber es war nie die Polizei. Sie stellten sich als Journalisten vor und fingen sofort an, Fragen zu stellen. Sie legte auf, ohne irgendetwas zu sagen, und speicherte die Nummer in ihrem Telefon unter der Rufnummerbeschränkung. Manche sprachen ihr einmal die Stunde etwas auf ihre Mailbox.

In einem schwachen Moment legte sie einmal nicht auf. Am anderen Ende der Leitung stellte sich eine Frauenstimme vor, flinke Zunge, aber warm, freundlich. »Warten Sie«, sagte die Stimme. »Warten Sie. Ich möchte nur fragen, wie es Ihnen geht. Wir machen uns Sorgen um Sie.«

Sie war verzweifelt, es war früher Abend, und sie hatte die abgrundtiefe Nacht vor sich. Also redete sie. Dieses eine Mal. Weil sie reden *wollte*. Erzählen *wollte,* dass es nicht so war, wie es in den Nachrichten dargestellt wurde. Sie erzählte die ganze Geschichte, so wie sie das Ganze sah, erzählte von früher, was für ein Junge er gewesen war, wie er ihr entglitten war. Das müssen Sie mir glauben.

Am nächsten Tag: die Zeitung. Exklusiv, stand über dem Artikel. Mit Foto. Sie wusste nicht einmal, wo sie das herhatten. Sie wurde als naive, ahnungslose Frau hingestellt, als schlechte Mutter, die schon vor Jahren aufgegeben hatte. An einer Stelle wurde das, was sie gesagt hatte, derartig verdreht, als hätte sie die Meinung vertreten, ihr Sohn habe eine Heldentat begangen.

Das gab ihr den Rest.

Daran denkt sie zurück, während sie und die andere Frau mit langen Zwischenpausen weiterreden und der Wind am Küchenfenster rüttelt.

Es wird hell, und um halb sieben kommt Marja nach unten.

»Ihr sitzt ja immer noch hier«, sagt sie verdutzt. »Alles in Ordnung?«

Sie schweigen.

»Es war eine lange Nacht«, sagt Tirra dann.

Und Kristianne: »Ich muss nach Hause.«

Sie gehen quer durch den Park. Die Sonne gewinnt an Wärme. Am Blumenstand stellt ein Männeken in Overall seine Ware raus. Kristianne sagt, sie müsse ihren Mann anrufen. Der sei bestimmt beunruhigt. Aber sie tut es nicht.

Als sie an einem Schulgebäude vorbeikommen, sagt sie: »Auf die Schule ist er gegangen.« Tirra schaut mit ihr hinüber, während sie ihre Schritte verlangsamen. »Ich sehe ihn noch dort laufen«, sagt Kristianne. »Verrückt.«

Die Frauen betreten den Schulhof und setzen sich auf die Holzschwellen einer Einfassung, als wären sie wartende Mütter. Kristianne schaut eine Weile auf ihre Hände. Sie sagt, das Essen habe ihr gutgetan. Sie sagt noch einmal, dass sie eigentlich ihren Mann anrufen müsse.

Sie bleiben sitzen. Hin und wieder scheint eine von beiden etwas sagen zu wollen, doch dann kommt nichts. Es ist anders als noch vor ein paar Stunden, da die Nacht sie absonderte und zueinander verurteilte. Hier ist die Welt offen. Der Wind lässt Worte verfliegen, wenn sie in die falsche Richtung gesprochen werden. Die Schule ist noch leer.

Manchmal setzt Tirra zu einem Satz an, stockt dann aber wieder.

Es wird nicht helfen. Es wird alles nur noch schlimmer machen.

Doch es würde sie erlösen.

Aber dieser Frau würde es nicht helfen.

Kristianne ist diejenige, die spricht. Sie sagt: »Wir waren vor einiger Zeit zu einem Familienwochenende im Center Parcs. Mattias wollte sich Töpfe bei uns ausleihen. Er stand mit Mantel an in der Tür des kleinen Bungalows. Lehnte sich an den Türrahmen. Und auf einmal *sah* ich: Da steht ein Mann. Zum ersten Mal. In vielerlei Hinsicht blieb er natürlich ein Junge. Das hört ja nicht auf. Du bleibst aber mein Kind, sagte ich oft zu ihm, wenn er mir zu entgleiten drohte. Wenn er monatelang nicht anrief und ich nicht mal gewusst hatte, dass er in Urlaub gewesen war. Aber in dem Moment … Da stand ein Mann.«

»Schwierig?«

»Was?«

»War das schwierig für Sie?«

»Nein.« Sie lächelt. »Ich weiß noch, dass ich ganz kurz dachte: Mein Werk ist vollbracht.«

Sie zieht die Schultern hoch, als wolle sie sagen, dass sie nicht recht weiß, was sie von diesem Gedanken hat, und entschuldigt sich, während sie in Tränen ausbricht.

Tirra kramt ein noch halbvolles Fläschchen Wasser aus ihrer Tasche hervor und reicht es ihr.

»Danke«, sagt Kristianne. Und dann: »Ich habe längst nicht alles richtig gemacht.«

Wieder dieser Gedanke. Ich auch nicht. Ich auch

nicht, wissen Sie. Und dann könnte alles Übrige kommen.

Oder wenn Kristianne von sich aus fragen würde: Was macht Ihr Sohn denn jetzt? Dann ginge es.

Aber sie fragt nicht.

Tirra schließt die Augen und schnappt nach Luft. Sie denkt kurz, sie hätte schon losgeredet, es wäre schon heraus und sie müsse sich nun auf etwas gefasst machen, doch dann wird ihr klar, dass sie gar nichts gesagt hat, und die Erleichterung, die darauf folgt, verwechselt sie im ersten Moment mit der Erleichterung darüber, alles gesagt zu haben.

Etwas später werden die großen Türen der Schule geöffnet, und danach füllt sich der Hof im Nu mit Vätern und Müttern und Kindern.

Ein etwa sechsjähriges Mädchen löst sich von seiner Mutter, läuft zu den beiden Frauen hinüber und schaut von einer zur anderen.

»Hallo«, sagt Tirra sanft.

»Wie heißt du?«, fragt das Mädchen.

»Tirra.«

Die Kleine denkt kurz nach.

»Komischer Name.«

Kristianne fragt sie nichts.

Sie sagt: »Mein Papa backt heute Abend Pfannkuchen.«

Ein Lächeln kräuselt sich um Kristiannes Lippen. Das sieht Tirra bei ihr zum ersten Mal.

»Toll«, sagt sie. »Hat mein Vater früher nie gemacht.«

»Meiner schon.«

»Musst du nicht rein, Schatz?«

»Gleich.«

»Ich glaube, die Schule fängt an.«

»Wenn Papa Essen macht, sagt er immer, dass Liebe durch meinen Magen geht.«

Tirra lacht. »Ja, bei manchen Menschen ist das so.«

»Und ich weiß auch schon, wo dein Magen ist. Soll ich mal zeigen?«

»Nur zu!«

Das Mädchen geht auf Tirra zu, mit lange vorher ausgestrecktem Zeigefinger, der sich nach ein paar letzten Schrittchen etwas oberhalb von ihrem Nabel in Tirras Mantel bohrt. Die Kleine riecht nach einem Gemisch aus Süße und Chlor.

»Da.«

Tirra schaut Kristianne, die sich noch nicht an der Unterhaltung beteiligt hat, von der Seite an. Sie zwinkern sich kurz zu. Dann räuspert sich Kristianne und sagt zu dem Mädchen: »Da ungefähr, ja. Richtig.«

Ein anderes Mädchen ruft vom Fußgitter vor der

Eingangstür mit singender Stimme einen Mädchennamen. Es ist halb neun. Hastig sagt die Kleine: »Tschüs«, und dann nehmen ihre hellblauen Turnschuhe sie mit hinein, in einer Geschwindigkeit, die für ihren übrigen Körper gerade etwas zu schnell zu sein scheint. Sie rennt durch die Pendeltür wie ein Langstreckenläufer durch das rot-weiße Band auf der Ziellinie.

Die Frauen sind wieder allein mit den Fahrradständern und den Klickerkuhlen.

Mitten auf dem Schulhof bleibt ein Ball liegen. Ein kleiner Knirps löst sich vom Fahrrad seiner Mutter, mit der er vor dem Zebrastreifen gestanden hat, und kommt im Sauseschritt Richtung Ball zurückgerannt. Die Frauen schauen gemeinsam zu, wie er den Ball am Fuß mitführt und rechtzeitig wieder bei seiner Mutter ist, bevor die Ampel auf Grün springt. Er fasst eine der Laschen ihrer Fahrradtasche, wie sie es ihm beigebracht haben muss, und sie gehen zusammen über die Straße.

Amber

Ich mache alles so, wie es sich gehört, an diesem Abend. Ich beachte mit dem Fahrrad die Vorfahrt, bremse und warte im Regen mit anderen vor der Ampel. Ich falle nicht auf. Meine Zehen halten mich auf dem roten Asphalt im Gleichgewicht. Die Ampel rattert den Countdown. Wir dürfen los.

Hiernach wird es vorbei sein, sage ich mir. Hiernach bist du frei. Über den Berg. Dies ist der letzte Tag einer für andere nicht existierenden Zeiteinheit, du kannst das Ganze verzögern, du kannst anhalten oder auch noch umkehren, doch hiernach werden alle, die dich besuchen, in die Zukunft blicken, dir alles Gute wünschen, das Glas erheben.

An den mit Postern beklebten Eingangstüren scannt ein Mitarbeiter mit einem Doppelklick meine Eintrittskarte und wünscht mir viel Spaß.

Ich suche Zuflucht in der Menge, die sich auf die Garderobe zubewegt. Schließe unauffällig die Lücke, wenn jemand die Schlange verlässt, bis ich ganz vorne stehe.

Neben den aufgeklappten Saaltüren hängt eine Hinweistafel mit dem heutigen Datum, dem Namen der Band und daneben: *My song of love on the pavement.*

Der Saal füllt sich. Ich bleibe in der Mitte stehen und schaue mich nach all den Köpfen, Händen, Leibern um, die um mich herum immer dichter zusammenrücken, die Pappbecher mit Bier wie Fackeln hochgereckt. Fremde umzingeln mich, und ich halte nach dem grünen Schild Ausschau, das den Notausgang anzeigt.

Dann gehen die Lichter aus, und sie kommen auf die Bühne, und wir bestehen von nun an aus einem Ganzen, sie und ich und die Schultern, die mich umringen. Sie spielen.

Mach das unbedingt. Vielleicht hatten sie recht. Ich lasse alles an die Oberfläche kommen, in meine Kehle, meinen Rücken, bis in den äußersten Rand dessen, was ich noch bin, bis in die Spitzen meiner Finger, die ich, ohne es zu merken, um den Unterarm des Mädchens neben mir geklammert habe.

Sie sieht mich fragend an. Alles okay?

Ich nicke. Alles okay.

Ich lasse sie los und begebe mich in die Unterströmung.

Natürlich denke ich an jenen ersten Abend zurück. Den kleinen Saal mit der niedrigen Decke, der schlechten Beleuchtung, den Rausch, den wir aus dem Straßencafé mitbrachten – und an ebendiese Band, jünger und unerfahrener noch, unschuldig, arglos wie wir alle.

Und natürlich denke ich an jenen letzten Abend zurück. Den Streit, in dem er wegging, und dass ich fast noch zu dem Konzert gekommen wäre.

Er sagte es ein paar Tage vorher, dass die Band kommen würde und er hinwollte, wenn sie im Feathers auftraten. Er ging öfter allein. Wenn wir zu mehreren auf einem Festival waren, sah ich ihn manchmal den ganzen Tag nicht. Er war gesellig, kontaktfreudig, schenkte seinem Gegenüber, auch wenn er einen noch nicht kannte, seine volle Aufmerksamkeit, das sagten alle immer wieder, als er gerade tot war. Aber manchmal musste er für sich sein.

Zu mir sagte er: Mit dir ist auch so was wie allein. Da spielte ich die Beleidigte, und er fügte hastig hinzu: Das meine ich als Kompliment.

Aber an jenem Tag arbeitete ich lange. Und im Zug bekam ich Hunger, wollte mir aber nicht auf die Schnelle irgendwas Ungesundes holen.

Wir würden später schon noch über unseren Streit sprechen. Würden uns zusammensetzen.

Oder auch nicht, und dann würden wir so tun, als wenn nichts wäre. Als wüssten wir beide, dass uns das nicht wirklich etwas anhaben konnte, dass wir das ruhig auf sich beruhen lassen konnten und es eigentlich nicht mehr so viel darüber zu sagen gab. Manchmal legten wir einen Streit dadurch bei, dass wir ein paar Stunden lang schwiegen, um dann ins Zimmer zu gehen und zu fragen, ob der andere noch einen Tee wollte. Und damit hatte sich's dann. Dann war es vorüber.

Ich erinnere mich an jene unbestimmten Stunden, in denen ich noch nicht wusste, was mich erwartete. Jene Zugfahrt. Ich las auf meinem Smartphone die Nachrichten. Schaute aus dem Fenster. Hatte Hunger, stinknormalen Hunger. Auf dem Bahnhof, wo ich aussteigen musste, wurden Wagen abgekoppelt. Achten Sie auf die Wagennummer über der Tür! Ich hatte in dem Teil gesessen, der stehen blieb.

Am einen Ort stellte eine ihren Teller in den Geschirrspüler. Am anderen Ort hatte eine auftretende Band gerade ihren dritten Song angestimmt, während im Foyer die ersten Patronenhülsen auf den Boden fielen, die ersten Schreie laut wurden.

Mattias. Was hast du da gedacht? Was hast du noch gemacht?

Die Tage danach bestanden aus Stunden, Minuten und Sekunden, müssen sie wohl, denn so ist es immer, aber ich war nicht dabei. Ich habe nichts davon mitbekommen.

Ich war bei einer Totenwache draußen vor dem Eingang des Saals, zwei Abende später. Da standen vierundfünfzig Teelichter auf dem Pflaster. Der Mann neben mir bückte sich und zündete die Lichter mit einem Feuerzeug an, das er eine Minute zuvor an seine vierte Zigarette gehalten hatte.

Die Lichter wurden sofort wieder ausgeblasen. Als gäben sie auf. Ich musste an das denken, was Sara einmal gesagt hatte.

Wir stellten uns darum herum, der Mann, ich und die anderen Leute, die ich nicht kannte. Wenn wir einen Kreis um die Teelichter bildeten, einen kleinen Kreis aus acht bis zehn Leuten, kam der Wind nicht mehr heran.

*

Vorige Woche sah ich, wie der Frühling gebracht wurde. Er wurde von einem schmutzigweißen Lastwagen geliefert, der auf der breiten Brücke über dem Wasser hielt. Ich schaute von unserem Schafzimmerfenster aus zu. Zwei Männer stiegen aus und liefen zum Heck. Der eine von ihnen zog am Griff, und die Klappe öffnete sich. Sie stiegen auf die Ladefläche und hoben Tische und Stühle heraus. Zuletzt förderten sie ein bordeauxrot gestrichenes Kassenhäuschen aus dem Dunkel zutage.

Wo erst nichts war, stand eine halbe Stunde später eine Caféterrasse. Die Männer stiegen wieder ein, der Lastwagen nahm die trickreiche Ecke unten auf der Straße im Rückwärtsgang und verschwand aus dem Blickfeld.

Ich guckte weiter, gespannt, ob noch etwas passieren würde. Die Terrasse blieb fünf Minuten lang leer. Alles für die Katz.

Dann näherte sich ein junges Paar, das auf den geflochtenen Stühlen Platz nahm. Sie schienen es nicht eilig, keinen Hunger oder Durst zu haben. Sie saßen einfach da. Er ruckelte seinen Stuhl ein paar Zentimeter weiter zu ihrem hin und hielt ihre Hand in ihrem Schoß.

Davon hätte ich ihm erzählt. Ha, Mattias, ich hab heute gesehen, wie ein Straßencafé entstanden ist. Solche Sachen hätte ich ihm gerne erzählt.

Ich weiß nicht, was es war, aber dadurch, dass ich dieses Paar gesehen hatte, tat sich irgendetwas auf. Irgendetwas *regte sich*. Ich griff zu meinem Telefon und las die Mitteilungen, die ich bis dahin nicht hatte einordnen können.

Da wurde mir alles klar.

Und es ging noch.

Ich kroch unters Bett und zog eine von den Plastikboxen hervor. Unten drin fand ich die Wochenendtasche, die ich suchte. Ich packte etwas Unterwäsche ein, zu viele Klamotten, einen Kulturbeutel und drei Bücher.

Ich ließ das Wohngebiet hinter mir, nahm die Abfahrt nach drei Vierteln des Kreisverkehrs, schaltete in den dritten Gang. Die Sonne blinzelte immer noch durch die Abenddämmerung. Offenbar war auch sie gespannt, wie es ausgehen würde.

Alles lebte. Ein Trupp Möwen segelte ein paar Meter über dem Wasser. Abwechselnd tauchten sie kurz herab, um etwas aus den Wellen zu fischen. Der Strand machte meine Schritte schwer, und es dauerte eine Weile, bis ich das Häuschen gefunden hatte. Aber das machte nichts. Ich wollte draußen sein, das alles spüren, mir war, als wollte ich das so lange wie möglich festhalten; denn ich wusste – natürlich wusste ich das –, es wird wieder zurückpendeln, es wird wieder dunkel, und Winter, und dann ist es genau ein Jahr her, und dann ist Weihnachten, und dann ist sein Geburtstag. Das weiß ich, aber das muss man nicht jeden Tag mit sich herumschleppen. Manchmal genügen auch ein paar Klamotten und ein Kulturbeutel.

Die Sonne war schon untergegangen, als ich an die azurblaue Tür klopfte. Erst passierte lange Zeit nichts. Ich schaute durch das Fenster nach drinnen, sah aber nur eine leere Sitzecke.

Als ich noch einmal klopfte, hörte ich Schritte.

»Ja«, sagte eine schwache Stimme. Es wurde aufgemacht. Ein großer, dünner Mann erschien in der Türöffnung. Er blieb halb hinter dem Türrahmen stehen, als erwarte er irgendeinen Hausierer und sei auf der Hut.

Bleib stark. Halt daran fest. Du tust etwas Spontanes. Du bist einfach gefahren.

»Ich … ich komme wegen des Häuschens«, sagte ich. »Über Airbnb gebucht. Schon vor längerer Zeit. Tut mir leid, ich hatte es fast vergessen. Hab Ihre Mitteilungen heute erst gesehen.«

Er kniff die Augen gegen das Licht zu, das vor dem Eingang automatisch angesprungen war.

Dann schien ihn so etwas wie Erleichterung zu erfassen, als ob ich ihm etwas abnahm, das er lange allein tragen musste, Treppen rauf und runter, durch Zoll und Sicherheitsschleusen, durch den weichen Sand, wobei es immer schwerer wurde, wie etwas Unhandliches, das man weit tragen muss.

»Es hieß, wir würden zu zweit kommen«, sagte ich. »Aber ich bin allein.«

Er antwortete immer noch nicht.

Ich sagte: »Geht es noch?«

Und er sagte: »Sie kommen gerade rechtzeitig.«

*

Irgendetwas zieht mich wieder in den Konzertsaal zurück. Ich öffne die Augen und sehe das Mädchen neben mir gestikulieren, dass sie zur Bar geht. Ob ich auch etwas möchte. Es gibt eine kurze Pause zwischen zwei Stücken, und ich sage: »Einen Wein.« Ich ziehe mein Portemonnaie hervor, aber sie winkt ab und verschwindet im Gewimmel.

Da ich das Portemonnaie in der Hand halte, ziehe ich die Karte heraus, schon fast ein Automatismus, und falte sie zum wer weiß wievielten Mal auseinander.

Jemand von der Polizei hatte sie mir vorbeigebracht. Außerhalb seiner Dienstzeit, sagte er, und entschuldigte sich vorsorglich, falls es mir ungelegen sei, falls er sich da besser rausgehalten hätte. Aber während der Ermittlungen habe man an der Kasse eine unbenutzte Karte für den bewussten Abend gefunden, mit meinem Namen darauf.

Er erklärte mir das heftig schwitzend, dieser Polizist in seiner eng am kräftigen Körper anliegenden Uniform. Es war, als verliere er das Zutrauen in seine gute Tat, während er das erzählte.

Ich verstand zudem nicht so recht, was ich jetzt noch mit dieser Karte sollte. Aber er streckte seine große Hand aus, und ich nahm sie entgegen.

Das muss so etwa anderthalb Wochen danach gewesen sein. Der November fegte um die Türen. Ich vergaß, ihn hereinzubitten, denn ich hatte keine Ahnung, wie ich das einschätzen sollte, aber auf einmal hatte ich dieses Ticket in der Hand, diese Konzertkarte, das Stückchen Papier, das *er* noch in der Hand gehabt hatte. Mattias. An jenem Abend, als Mattias. Dem Abend, auf den man sich jetzt beziehen kann, indem man einfach nur das Datum nennt, denn dann weiß jeder, wovon man spricht. Oder den Namen des Ortes. Anderthalb Wochen nach dem Feathers. Eine Popbühne will nicht zur Zeitangabe werden. Eine U-Bahn-Station nicht, ein Turm nicht, ein Einkaufszentrum nicht. Ein Mensch nicht. Anderthalb Wochen nach Mattias.

Und ich stand da. Mit dieser Eintrittskarte in der Hand. Der rechte Teil, etwa ein Fünftel, hing noch am Block – kurz an der Perforation umknicken und ratsch!, viel Spaß. Da drüben ist die Garderobe.

Der Polizist sagte: »Drehen Sie sie mal um.«

Mit blauem Stift geschrieben, stand es da. Die Mine war fast leer gewesen, aber seine schludrige Schrift war gerade noch zu lesen.

Sorry, ja?

*

Meine Trauer war nicht mein Eigen. Sie war die von Bekannten, die unangemeldet vorbeikamen oder Zettel durch den Briefschlitz schoben, wenn ich nicht aufmachte. Sie war die von Mattias' Mutter und allen anderen Müttern, die sie für sich beanspruchten wie die persönlichen Habseligkeiten, die ihre Kinder bei sich gehabt hatten. Sie war die von den Mitarbeitern der Opferhilfe und von heftig diskutierenden Leuten in der Kneipe oder im Bus, die genau wussten, wessen Schuld das alles war.

Meine Trauer war die von Augenzeugen, die zuerst noch dachten, da sei ein Feuerwerk. Sie war die von Politikern, die sich »geschockt« zeigten, es als »feige und barbarische Tat« bezeichneten und mir über die Nachrichten berechnend ihr Mitgefühl bekundeten, kalt und hart wie ein durch eine Fensterscheibe geworfener Stein. Sie war die von Zeitungen, die ihre Titelseite eifrig schwarz tönten. Meine Trauer war die von Analysten, die sie in Politmagazine trugen, um ihre eigene Meinung damit zu untermauern. Sie war die von Cartoonisten, die eine Feder mit einem Tropfen tiefroten Bluts an der Spitze zeichneten.

Meine Trauer war die von all jenen, die sein Facebook-Profilfoto teilten. Sie war die von Twitter. Sie wurde ausgeschlachtet und als Hashtag oder Pageview vermarktet.

Meine Trauer wurde mir entwendet, über das Feuer gehalten und umgeschmolzen in kollektive Entrüstung, niederträchtige Gesetzentwürfe und steigende Umfragewerte.

Sie war die von all jenen, die ein Wir-gegen-sie wollten. Sie war die von Leuten, die in meinem Namen das Messer zwischen die Zähne nahmen. Sie war die von all jenen, die sagten: Und jetzt ist Krieg.

Meine Trauer war nie mein Eigen.

Bis zu diesem Abend.

Das Mädchen neben mir legt mir die Hand auf die Schulter. Ich schaue zur Seite. Sie zeigt auf die Bühne und beugt sich zu mir. »Das ist der Song«, schreit sie mir ins Ohr. »Das ist dieser eine Song.« Ich kehre wieder in den Saal zurück, während alle aufspringen. Der Roadie bringt eine Gitarre und trägt eine andere weg. Es ist das allerletzte Stück, das sie spielen.

»Und hier ist *Black Feathers*«, sagt der eine Sänger, und alle jubeln noch etwas lauter. Ich schaue auf, als ich plötzlich einen Schrei höre, und ein paar andere tun es auch, aber dann wird wieder alles von dem Intro übertönt.

Es ist ein eigentümlicher Moment. Ich vergesse, dass ich hier bin, weil Leute meinten, das sei gut für mich, das müsse ich unbedingt machen, vergesse, dass ich schon seit zwei Stunden auf den Beinen stehe, ich vergesse es und lasse mich überfluten.

Der Song mündet in eine langgezogene Schlusspassage, die massenhaft mitgesungen wird und einfach nicht enden will, ich fühle den Bass in meinem leeren Glas vibrieren, meine Gänsehaut in einer Schürfwunde an meinem Ellbogen prickeln. Es ist eine Eruption, ein Tosen, das mich kurz denken lässt, draußen sei ein Gewitter losgebrochen, doch alles kommt von der Bühne, von uns selbst.

Es fühlt sich an, als schrien wir uns etwas vom Leib. Als versuchten wir etwas zu bannen. Es fühlt sich an, als hätten wir allesamt ein kolossales Bedürfnis, uns heiser zu schreien, unsere Stimmen zu verausgaben, sie auf einen Haufen zu türmen und in Flammen aufgehen zu sehen.

Die Band schaltet noch einen Gang höher, und wir singen weiter mit. Wir lassen uns nicht kleinkriegen. Wir machen was. Schau her, schau doch, was wir hier machen.

PLAYLISTS

Während du bei uns warst,
hast du das hier gehört:

GLEN HANSARD – SONG OF GOOD HOPE
SUFJAN STEVENS – JOHN MY BELOVED
JAMES BROWN – I GOT YOU (I FEEL GOOD)
SIMON & GARFUNKEL – BOOKENDS
THE NATIONAL – FAKE EMPIRE
THE MILK CARTON KIDS – SECRE
TS OF THE STARS
BRETT DENNEN – WHERE WE LEFT OFF
DEATH CAB FOR CUTIE – BROTHERS ON A HOTEL BED
JOEP BEVING – EVERY ENDING IS A NEW BEGINNING
HUNDRED WATERS – BLANKET ME
SONGS: OHIA – THE BLACK CROW
BALTHAZAR – BLOOD LIKE WINE
PINK FLOYD – THE GREAT GIG IN THE SKY
SPINVIS – TIENDUIZEND ZWALUWEN
THE NOTWIST – CONSEQUENCE
WIR SIND HELDEN – VON HIER AN BLIND
NICK CAVE AND THE BAD SEEDS – DISTANT SKY
YANN TIERSEN – CHILDHOOD (2)
SUFJAN STEVENS – FOURTH OF JULY
DEATH CAB FOR CUTIE – WHAT SARAH SAID
MARBLE SOUNDS – (HOW IT'S GOING TO) END
JON HOPKINS – IMMUNITY

Im Gespräch mit Peter Zantingh

Nach Mattias *ist Ihr dritter Roman, aber Ihr erster, der auch auf Deutsch erscheint. Worum geht es in diesem Roman?*

Im Mittelpunkt des Romans steht Mattias, ein junger Mann in den Dreißigern, der von einem Tag auf den andern nicht mehr da ist. Erzählt wird dabei aber eigentlich die Geschichte von acht anderen Menschen, deren Leben wegen Mattias' Tod eine andere Richtung einschlagen. Manche von ihnen standen Mattias sehr nah, andere kannten ihn kaum. Jeder hat seine eigene Geschichte. Und indem man all diese Geschichten liest, erhält man als Leser Antworten auf die Fragen, wer Mattias war und was mit ihm passiert ist.

Auf den ersten Blick könnte man meinen, dass es ein Buch über Trauer ist. Jemand ist gestorben, und die Hinterbliebenen müssen einen Weg finden, damit umzugehen. Aber ich finde, es ist viel mehr als das. Es ist ein Buch, in dem alle Aspekte und Konsequenzen behandelt werden, die das plötzliche Verschwinden eines Menschen auf das Leben derjenigen, die zurückbleiben, haben kann. Und das ist so viel mehr als das, was man in einem Lexikon unter der Definition von Trauer liest. Das sind zum Beispiel zwei Menschen, die sich begegnen, und die sich unter anderen Umständen niemals getroffen hätten. Es ist die angespannte Beziehung eines älteren Paars, die auf die Probe gestellt wird. Es sind Menschen, die ihre Leben neu bewerten müssen. Und es ist vor allem reiner Zufall.

Obwohl Tod und Verlust im Mittelpunkt Ihres Romans stehen, hat er trotzdem etwas Hoffnungsvolles. Was wollen Sie dem Leser dadurch mitgeben?

Das Buch handelt vom Mut, den es braucht, positiv zu bleiben. Amber sagt im ersten Kapitel, dass wir die Flasche vergessen, wenn Wein drin ist, und sie uns nicht mehr aus dem Kopf geht, wenn ein mit Benzin getränkter Lappen hineingestopft worden ist. Was sie damit sagen will, ist, dass es manchmal einfacher ist, pessimistisch zu sein und nur die schlechten Dinge zu sehen. Es braucht sehr viel Mut, um auch in dunklen Zeiten, oder eben gerade in dunklen Zeiten, an der Hoffnung festzuhalten und an das Positive zu glauben. Mattias war jemand, der diesen Mut besaß, und durch seinen Tod sehen sich die Menschen, die zurückbleiben, mit Fragen konfrontiert, auf die sie alle ihre ganz eigenen Antworten finden müssen: Worin kann ich trotz allem Schönheit sehen? Und welchen Fußabdruck würde ich zurücklassen, wenn mein Leben heute zu Ende wäre?

In welchem Moment kam Ihnen die Idee für den Roman?

Im Herbst 2015 habe ich in Dublin am Flughafen auf meinen Heimflug gewartet. Ich hatte aus beruflichen Gründen eine Technologiekonferenz besucht. Es war ein Sonntag um die Mittagszeit. Ich saß auf einem dieser futuristischen Plastikstühle im Wartebereich des Gates und sah nach draußen, wo unsere Maschine fast bereit war für das Boarding. Und dann dachte ich: Was, wenn das Flugzeug abstürzt?

Seltsamerweise war das Erste, was mir dabei in den Sinn kam, dass ich am nächsten Morgen einen Arzttermin hatte. Wenn das Flugzeug abstürzen würde, könnte ich diesen Termin nicht wahrnehmen und der Arzt würde auf jemanden warten, der nie kommen würde. Mein Fehlen, so dachte ich, würde sein Leben beeinflussen, obwohl er mich kaum kannte. Was würde er tun? Direkt zum nächsten Patienten übergehen? Oder eine Weile auf mich warten, während er allein in seinem Büro saß? Oder für ein paar Minuten nach draußen gehen? Welche kleine Wendung sein Tag auch immer nehmen würde, der Grund dafür wäre mein Fehlen.

Und das wären ja nicht die einzige Konsequenz: Meine Fußballmannschaft hätte keinen Linksverteidiger mehr, die Bücher in meinem Zuhause müssten neue Besitzer finden. Es gäbe unzählige solcher kleiner Effekte.

Diese Überlegungen brachten mich auf die Frage, die letztlich zu diesem Buch führte: Was bleibt von einem, wenn man nicht mehr da ist? Welche Leerräume entstehen in Raum und Zeit, und wer oder was wird diese wieder füllen?

Woher kommen Ihre Figuren? Und gibt es Figuren im Roman, die Ihnen besonders nahestehen?

Ich habe zwanzig Wochen unbezahlten Urlaub genommen, um dieses Buch zu schreiben (und wirklich nichts anderes zu tun). In den ersten Wochen habe ich mich mit Karteikarten, Stiften und farbigen Textmarkern hingesetzt und angefangen ein paar Charakteristika und Attribute für meine Figuren zu notiert. Einige davon hatte ich mir schon in den Monaten zuvor überlegt, manche kamen mir spontan in den Sinn. So schrieb ich zum Beispiel auf eine Karte: »Jemand ist blind.« Und auf eine andere: »Jemand verkauft ein Haus (und damit ein Leben, eine Geschichte).« Oder: »Jemand spielt Cello.« Auf anderen Karten notierte ich Ideen für Orte, Handlungsstränge oder einfach Teile von Songtexten, die mich inspirierten.

Danach brachte ich alles zusammen. Ich bündelte die Karten, von denen ich dachte, dass sie einen guten Charakter ergeben würden. Ich schrieb noch mehr Karten mit weiteren Merkmalen, wenn ich feststellte, dass die Figuren langsam Gestalt annahmen. Am Ende überlegte ich mir Namen für alle. Ich hatte zwölf Figuren, als ich mit Schreiben begann, neun davon finden sich letztlich in dem Buch.

Während des Schreibprozesses war es wichtig, eine Strategie zu finden, um die Beziehungen zwischen diesen Figuren und natürlich auch zu Mattias zu organisieren. Deshalb habe ich angefangen, Pläne zu zeichnen – wie eine Art Galaxie.

Die Figur, mit der ich am meisten Mühe hatte, ist Amber, Mattias' Freundin. In früheren Versionen des Buchs hat sie als Figur einfach nicht funktioniert. Vielleicht lag es daran, dass sie diejenige ist, die Mattias am besten kannte. Die Liebe zwischen den beiden, ihre Beziehung – ich hatte echte Schwierigkeiten, das so aufs Papier zu bringen wie ich das eigentlich wollte. Ein paar Wochen vor dem Abgabetermin für das Buch, schloss ich mich deshalb ein ganzes Wochenende in meinem kleinen Arbeitszimmer ein; doch auch dieser Versuch blieb erfolglos. Aber am darauffolgenden Wochenende sah ich die Lösung plötzlich vor mir, ich schnappte mir meinen Laptop und überarbeitete das erste Kapitel komplett. Und ja, was soll ich sagen … Ich liebe Amber. Sie ist mir so ans Herz gewachsen. Vor ein paar Tagen habe ich das Cover für die deutsche Ausgabe des Buches gesehen, mit dem Bild dieser jungen Frau: Ich habe in ihr sofort Amber gesehen. Das hat mich wirklich bewegt.

An den Leserreaktionen gefällt mir sehr, dass jeder seinen eigenen Lieblingscharakter hat, mit dem er sich verbunden fühlt. Manche Leser sagen zu mir, dass sie sich am meisten an den Alkoholiker mit dem Strandhaus erinnern, andere verstehen gar nicht, weshalb er überhaupt in dem Buch vorkommt. Viele fühlen sich auch sehr mit Mattias' Mutter verbunden, wieder andere mögen den Typen am liebsten, der Mattias nur kannte, weil sie dasselbe Computerspiel spielten. Jeder Leser reagiert anders auf das Buch, und das finde ich wunderbar.

Warum schreiben Sie? Sie arbeiten auch als Journalist. Inwiefern hängt das mit Ihrer Arbeit als Autor zusammen?

Es gibt mehr Gemeinsamkeiten zwischen beidem, als man denken könnte. Wenn ich einen langen Artikel für die Zeitung oder das beiliegende Wochenendmagazin schreibe, kann ich literarische Elemente wie Szenen, Dialoge, Charaktere und Plot nutzen, um das Interesse des Lesers zu gewinnen. In beiden Fällen – beim Schreiben von Artikeln wie auch beim Schreiben von Romanen – ist es mein Ziel, dass sich der Leser nach dem Lesen der letzten Zeile von Grund auf anders fühlt als bei der ersten.

Wie würden Sie Ihren Stil beschreiben?

Manchmal sage ich mir: Dieses Mal schreibe ich ein wirklich dickes Buch, das mindestens 500 Seiten und drei Jahrzehnte umfasst. Aber schlussendlich stehe ich aufs Neue mit einer kurzen Geschichte da, die auf ungefähr 200 Seiten Platz findet. Die erste Version von *Nach Mattias* hatte 75 000 Wörter. Die endgültige Version umfasst nun noch knapp

50 000. Daher würde ich sagen, mein Stil ist, dass ich nicht mehr Wörter benutzte, als unbedingt nötig sind, um meine Geschichte zu erzählen. Ich mag es, wenn es gelingt, ein ganzes Bild, einen Gedanken oder ein Gefühl in nur einem einzigen Satz oder höchsten ein paar Sätzen auszudrücken. Sehr oft besteht mein Schreiben darin, Wörter zu streichen, die nicht zwingend nötig sind, um mit wenigen Worten möglichst effektiv zu sein. Es ist deshalb gut möglich, dass ich dieses dicke Buch niemals schreiben werde …

Im Roman spielt Musik eine zentrale Rolle. Welche Musik inspiriert Sie? Und hören sie auch beim Schreiben Musik?

Ich bin mit der Musik meines Vaters aufgewachsen: Beatles, Rolling Stones, Pink Floyd, Dire Straits und Neil Young. Mit siebzehn fing ich an, in einem Musikladen zu jobben, wo ich auch während meines Studiums noch Teilzeit arbeitete. Dort habe ich viel über Musik und meinen eigenen Geschmack gelernt. Es gibt für mich nichts schöneres, als einen Song zu finden, den ich so sehr liebe, dass ich in ihm Erinnerungen einschließen kann und dabei weiß, dass sie da für den Rest meines Lebens sicher sind.

Wenn ich Bücher schreibe, höre ich deshalb sehr viel Musik. Manchmal benutze ich ein Gefühl oder einen kleinen Textausschnitt, um mich zu inspirieren. So ist zum Beispiel die Passage im ersten Kapitel von *Nach Mattias,* in der es darum geht, dass Trauer wie ein Schatten ist, inspiriert von einem Song von Sufjan Stevens: *John My Beloved (»There's only a shadow of me; in a manner of speaking I'm dead«).*

Zu all meinen Büchern erstelle ich auch immer eine Playlist mit Songs, die mich beim Schreiben begleitet haben und die meine Geschichte auch irgendwie ergänzen. Bei *Nach Mattias* bin ich sogar noch einen Schritt weiter gegangen und habe die Songs meiner Playliste in die Geschichten eingebaut, so dass diese tatsächlich eine Rolle spielen im Buch.

Wer sind Ihre literarischen Vorbilder?

Das letzte Buch, das ich so richtig geliebt habe, ist *Max, Mischa und die Tet-Offensive* von Johan Harstad. Ich habe es im Sommer 2017 gelesen, und obwohl es mehr als 1200 Seiten hat, also ganz schön dick ist, habe ich es einige Monate ununterbrochen mit mir herumgetragen. Man findet darin Sätze, die sich über mehrere Seiten erstrecken. Und trotzdem kommt es nicht übertrieben rüber, es ist nie »zu viel«. Harstads Stil ist komplett einzigartig und scheint gleichzeitig so mühelos.

Außerdem liebe ich Raymond Carver. Abgesehen von dem Song *Black Feathers* sind alle Songs, die die Rockband in *Nach Mattias* spielt, nach Kurzgeschichten von Carver benannt.

Was ist Ihr Lebensmotto?

Ich glaube nicht, dass ich jemand bin, der ein persönliches Lebensmotto hat, aber es gibt natürlich einen guten Grund dafür, dass ich als Motto für das Buch ein Zitat des irischen Musikers Glen Hansard ausgesucht habe:

»Letztlich läuft es in meinem Leben darauf hinaus, dass ich denken möchte, ich tue mehr Gutes als Schlechtes. Das soll im Grunde mein Vermächtnis an diese Welt sein. Ob ich nun am Ende von einem Laster überfahren werde oder bei einem Flugzeugabsturz ums Leben komme oder als steinalter Mann dahingehe, es soll in dem Wissen sein, dass ich ein kleines bisschen Positivität vermittelt habe. Denn es ist doch so, dass wir uns auf dieser Erde breitmachen und sie aufbrauchen. Dass wir uns allein schon durch unser Dasein an dieser Erde vergehen.«

Bitte beachten Sie
auch die folgenden Seiten

Daniela Krien
Die Liebe im Ernstfall
Roman

Sie heißen Paula, Judith, Brida, Malika und Jorinde. Sie kennen sich, weil das Schicksal ihre Lebenslinien überkreuzt. Als Kinder und Jugendliche erlebten sie den Fall der Mauer, und wo vorher Grenzen und Beschränkungen waren, ist nun die Freiheit. Doch Freiheit, müssen sie erkennen, ist nur eine andere Form von Zwang: der Zwang zu wählen. Fünf Frauen, die das Leben aus dem Vollen schöpfen. Fünf Frauen, die das Leben beugt, aber keinesfalls bricht.

»Daniela Krien erzählt in filigraner Genauigkeit und mit wasserklarem Blick von Frauen, die auch im Ernstfall nicht aus dem Leben, nicht aus sich herausfallen.« *Gabriele von Arnim*

»Liebe im Ernstfall bedeutet für Krien, dass sie scharf die Verhältnisse in jenem Dreieck betrachtet, dessen Seiten Freiheit, Preis und Glück sind.«
Burkhard Müller / Süddeutsche Zeitung, München

»Daniela Krien ist es gelungen, in einer Geschichte fünf Frauenperspektiven zu verweben. Jede hat recht, jede versteht man, jede berührt. Unbedingt lesen!«
Anna Schudt

Joey Goebel im Diogenes Verlag

Vincent

Roman. Aus dem Amerikanischen von Hans M. Herzog und Matthias Jendis

Wussten Sie, dass große Popsongs und Filme von einem unglücklichen, aber genialen Künstler stammen? Und damit einem solchen die Ideen nicht ausgehen, sorgen in diesem Roman ›Beschützer‹ dafür, dass ihm ständig neues Leid widerfährt. Denn das ist der Rohstoff, aus dem wahre Kunst entsteht. Bringt das Genie das Kunststück fertig, trotzdem ein glücklicher Künstler zu werden?
Vincent – ein Chamäleon von einem Roman, der als Satire beginnt, sich in einen bizarren Alptraum verwandelt und am Ende zu Tränen rührt.

»Furios, zupackend, spannend, hart in der Sprache und im Duktus. Und mit Rasanz erzählt.«
Alexander Kudascheff / Deutsche Welle, Berlin

»Joey Goebel ist mit *Vincent* ein großer Wurf gelungen. Schonungslos in seinen Einsichten. Mal erschreckend brutal, mal wahnsinnig komisch.«
Anna Sprockhoff / Hamburger Abendblatt

»In seinem furiosen Debüt zerlegt Joey Goebel unsere Medienwirklichkeit mit ätzender Ironie in ihre unappetitlichsten Bestandteile.« *SonntagsZeitung, Zürich*

Freaks

Roman. Deutsch von Hans M. Herzog

Kann Musik die Welt verbessern? Verhilft ein neuer Sound zu neuem Sinn? Das wohl nicht – höchstens den Musikern. Vor allem wenn es sich um fünf Außenseiter in einer gottverlassenen Kleinstadt handelt, mit denen niemand etwas zu tun haben will. Aber wenn sie Musik machen, setzen sie ihre eigenen Macken unter Strom und verwandeln sie in den Sound ihrer Befreiung. Eine Tragikomödie mit mehr als einem Ende.

»*Freaks* erzählt die Geschichte einer wunderbaren Freundschaft. Joey Goebel ist ein rasanter, grotesker und tieftrauriger Roman gelungen.«
Christine Lötscher / Tages-Anzeiger, Zürich

»Joey Goebel rockt das gleichgeschaltete Amerika.«
Evelyn Finger / Die Zeit, Hamburg

Auch als Diogenes Hörbuch erschienen,
gelesen von Cosma Shiva Hagen, Jan Josef Liefers,
Charlotte Roche, Cordula Trantow
und Feridun Zaimoglu

Heartland

Roman. Deutsch von Hans M. Herzog

John Mapother, Sohn der mächtigsten Familie im Provinznest Bashford, will in den amerikanischen Kongress, er hat nur keine Ahnung von der Welt seiner Wähler. Die aber hat sein jüngerer Bruder Blue Gene, das schwarze Schaf der Familie…
Ein großer amerikanischer Roman, hochintelligent, voller Witz und Melancholie.

»Böse, aber nie herzlos erzählt Goebel von jenen Gestalten, die beim *Pursuit of Happiness* ins Straucheln geraten.« *Stern, Hamburg*

»Ein prächtiger amerikanischer Familienroman. Überschäumend, witzig, böse.«
Verena Lugert / Neon, München

Ich gegen Osborne

Roman. Deutsch von Hans M. Herzog

Er ist ein Unikat in einer Welt, in der sich jeder durch Originalität abheben will. Er ist als Einziger erwachsen in einer Welt mit kindischen Spielregeln. Und der Einzige, der sich noch nach etwas sehnt und auch dafür kämpft: der Schüler James Weinbach. Mit *Ich gegen Osborne* zieht Joey Goebel der amerikanischen Partygesellschaft den Stecker!

»Ein köstliches Werk für alle Altersklassen.«
André Gross / Nordkurier, Neubrandenburg

»*Ich gegen Osborne* ist ein künftiger Klassiker der Adoleszenz-Literatur.«
Florian Felix Weyh / Deutschlandfunk, Köln

Irgendwann wird es gut

Aus dem Amerikanischen
von Hans M. Herzog

Ein junger Mann wartet mit zwei Drinks auf seine Angebetete. Sie kommt pünktlich – im Fernsehen. Ein zwölfjähriges Mädchen will nicht zu schnell erwachsen werden. Und ein Messie findet ins Leben zurück dank einer hübschen Frau, die womöglich noch trauriger ist als er selbst.
Ganz normale Menschen, deren Leben nicht das ist, was sie sich erträumt haben. Die dennoch um ihr winziges Stück vom Glück kämpfen und lieber heute als morgen aus der Kleinstadt in Kentucky wegwollen. Sie holen sich blutige Nasen und geben trotzdem nicht auf. Denn sie wissen: Irgendwann wird es gut.

»Joey Goebel ist einer der besten und lesenswertesten Autoren der Gegenwart. Wie sehr beneide ich alle, die seine Bücher noch nicht kennen und zum ersten Mal lesen dürfen.« *Benedict Wells*

Jardine Libaire

Uns gehört die Nacht

Roman. Aus dem Amerikanischen von Sophie Zeitz

Als Elise Perez an einem trostlosen Winternachmittag in New Haven den Yale-Studenten Jamey Hyde kennenlernt, ahnt keiner, dass hier und jetzt ihrer beider Schicksal besiegelt wird. Was als obsessive Affäre beginnt, wird zu einer alles verändernden Liebe. Doch Elise ist halb Puerto-Ricanerin, ohne Vater und Schulabschluss aufgewachsen, und Jamey der Erbe einer sagenhaft reichen Familie von Investmentbankern. Wie weit sind sie bereit zu gehen?

»Jede Seite dieses Romans knistert vor Intensität, Raserei, Lust und dem wahnsinnigen Gefühl der ersten Liebe. Jardine Libaire hat die Chronik einer obsessiven Liebesbeziehung geschrieben, großartig!«
Nathan Hill, Autor von ›Geister‹

»Vor dem Hintergrund der amerikanischen Klassengesellschaft ergründet Jardine Libaire in ihrem Roman *Uns gehört die Nacht* die Frage, wie viele Gegensätze die Liebe wirklich verträgt.«
Claire Beermann / Zeit Magazin, Berlin

»Intensiv, liebevoll und verstörend – ein wunderbares Buch.« *Elle, München*

Benedict Wells im Diogenes Verlag

Becks letzter Sommer

Roman

Beck ist nicht zu beneiden. Mit der Musikerkarriere wurde es nichts, sein sicherer Job als Lehrer ödet ihn an, und sein Liebesleben ist ein Desaster. Da entdeckt er in seiner Klasse ein unglaubliches Musiktalent: Rauli Kantas aus Litauen. Als Manager des rätselhaften Jungen will er es noch mal wissen, doch er ahnt nicht, worauf er sich da einlässt… Ein tragikomischer Roman über verpasste Chancen und alte Träume, über die Liebe, Bob Dylan und einen Road Trip nach Istanbul. Ein magischer Sommer, in dem noch einmal alles möglich scheint.

»Witzig, melancholisch und tiefgründig.«
Sabine Radloff / Süddeutsche Zeitung, München

»Jede Figur bezaubert in dieser erstklassigen Tragikomödie.« *Elle, München*

»Das interessanteste Debüt des Jahres. Einer, der sein Handwerk versteht und der eine Geschichte zu erzählen hat.« *Florian Illies / Die Zeit, Hamburg*

Auch als Diogenes Hörbuch erschienen, gelesen von Christian Ulmen

Spinner

Roman

Ich habe keine Angst vor der Zukunft, verstehen Sie? Ich hab nur ein kleines bisschen Angst vor der Gegenwart.

Jesper Lier, zwanzig, weiß nur noch eines: Er muss sein Leben ändern, und zwar radikal. Er erlebt eine turbulente Woche und eine wilde Odyssee durch Berlin. Ein tragikomischer Roman über Freundschaft, das Ringen um seine Träume und über die Angst, wirklich die richtigen Entscheidungen zu treffen.

»Wie Benedict Wells versteht, sein Alter Ego in seiner ganzen Unbefangenheit dem Leben gegenüber darzustellen, geht weit über ein auf ein jugendliches Lesepublikum zugeschnittenes Generationenbuch hinaus. Wells' Sprache ist roh und unfrisiert, und seine Geschichte grundiert von bisweilen bitter-poetischem Humor.« *Peter Henning / Rolling Stone, München*

»Benedict Wells findet starke Worte für die Orientierungslosigkeit seiner Generation. Ein wunderbares Buch über die Angst vor dem Erwachsenwerden, teilweise brüllend komisch.«
Lilo Solcher / Augsburger Allgemeine

»Jesper Lier ist ein chaotischer Held in einer chaotischen Geschichte, die einfach nur toll ist.«
Jan Drees / WDR, Köln

Fast genial

Roman

Ich hab das Gefühl, ich muss meinen Vater nur einmal anschauen, nur einmal kurz mit ihm sprechen, und schon wird sich mein ganzes Leben verändern.
Die unglaubliche, aber wahre Geschichte über einen mittellosen Jungen aus dem Trailerpark, der eines Tages erfährt, dass sein ihm unbekannter Vater ein Genie ist. Gemeinsam mit seinen Freunden macht er sich in einem alten Chevy auf die Suche nach ihm. Eine Reise quer durch die USA – das Abenteuer seines Lebens.

»Spannend wie ein Krimi. Benedict Wells ist mit *Fast genial* ein ziemlich geniales Buch gelungen.«
Claudio Armbruster / ZDF-Heute Journal, Mainz

»Die Idee ist großartig. Mit dieser Geschichte kriegt man auch junge Leute ans Lesen.«
Elke Heidenreich / Westdeutscher Rundfunk, Köln

»Ein faszinierender Roman. Eine universelle Geschichte über das Erwachsenwerden, berührend und spannend.« *Der Spiegel, Hamburg*

Vom Ende der Einsamkeit

Roman

Eine schwierige Kindheit ist wie ein unsichtbarer Feind: Man weiß nie, wann er zuschlagen wird.
Jules und seine beiden Geschwister wachsen behütet auf, bis ihre Eltern bei einem Unfall ums Leben kommen. Als Erwachsene glauben sie, diesen Schicksalsschlag überwunden zu haben. Doch dann holt sie die Vergangenheit wieder ein. Ein berührender Roman über das Überwinden von Verlust und Einsamkeit und die Frage, was in einem Menschen unveränderlich ist. Und vor allem: eine große Liebesgeschichte.

»Unser Schicksal ist das, was aus uns geworden ist. Und was unter der Feder von Benedict Wells aus Jules und Alva wurde, ist große Erzählkunst. Das Ende des Romans ist vollkommen, berührend – und unvergesslich.« *John Irving über ›Vom Ende der Einsamkeit‹*

»Ein großes Buch, eine Tragödie, ein berührendes Epos. It's magic.«
Sabine Zaplin / Süddeutsche Zeitung, München

Auch als Diogenes Hörbuch erschienen,
gelesen von Robert Stadlober

Die Wahrheit über das Lügen

Zehn Geschichten

Es geht um alles oder nichts in diesen Geschichten. Sie handeln vom Unglück, frei zu sein, und von einer Frau,

die vor eine existentielle Entscheidung gestellt wird. Von einem Ort, an dem keiner freiwillig ist und der dennoch zur Heimat wird. Von einem erfolglosen Drehbuchautor der Gegenwart, der in das New Hollywood des Jahres 1973 katapultiert wird und nun vier Jahre Zeit hat, die berühmteste Filmidee des 20. Jahrhunderts zu stehlen. Und nicht zuletzt eine Erzählung aus dem Universum von *Vom Ende der Einsamkeit*, die Licht auf ein dunkles Familiengeheimnis wirft. Zehn höchst unterschiedliche Geschichten aus einer Welt, in der Lügen, Träume und Wahrheit ineinanderfließen. Mal berührend, mal komisch, überraschend und oft unvergesslich.

»Mann, kann der Mann schreiben! Eines der größten Talente, die unser Land in den vergangenen Jahren hervorgebracht hat.« *Kester Schlenz / Stern, Hamburg*

Auch als Diogenes Hörbuch erschienen,
gelesen von Robert Stadlober